U0720221

王曉平 編著

日藏詩經古寫本刻本彙編

（第一辑）

第八册

中華書局

毛詩鄭箋（下）

卷十一——卷二十

毛詩卷第十一

鴻鴈之什詁訓傳第十八

毛詩小雅　　鄭氏箋

鴻鴈，美宣王也。萬民離散，不安其居，而能勞來還定安集之，至于矜寡，無不得其所焉。宣王承厲王衰亂之敝而起，興復先王之道，以安集衆民爲始也。書曰：天將有立父母，民之有政有居，宜王之爲是務。

鴻鴈于飛，肅肅其羽。興也。大曰鴻，小曰鴈。肅肅，羽聲也。箋云：鴻鴈知辟陰陽寒暑，興者，喻民知去無道就有道。之子于征，劬勞于野。之子，侯伯卿士也。劬勞，病苦也。箋云：侯伯卿士，謂諸侯之伯與天子卿士也。是時民既離散，邦國有壞滅者，侯伯久不述職，王使廢於存省諸

侯於是始復之故美焉　爰及矜人哀此鰥寡　矜憐也老無妻曰鰥偏喪曰寡箋云
爰曰也王之意不徒使此爲諸侯之事與安集萬民
而已王曰當及此可憐之人謂貧窮者欲令賙餼之
鰥寡則哀之其孤獨收歛之使有所依附　○鴻鴈于飛集于中澤　中澤澤中也箋
云鴻鴈之性安居澤中今飛又集於澤中猶民去其居而離散今見還定安集　之子于垣百
堵皆作　一丈爲板五板爲堵箋云侯伯卿士又於壞滅之國徵民起屋舍築牆壁百堵同時而起
言趨事也春秋傳曰五板爲堵五堵爲雉雉長三丈則板六尺　雖則劬勞其究安宅
究窮也箋云此勸萬民之辭女今雖病勞終有安居　○鴻鴈于飛哀鳴嗸嗸　未得
所安集則嗸嗸然箋云此之子所未至者　維此哲人謂我劬勞　箋云哲人知王之意
及之子之事者我之子自我也　維彼愚人謂我宣驕　宣示也箋云謂我役作衆民爲

驕奢

鴻鴈三章章六句。

庭燎美宣王也。因以箴之。諸侯將朝宣王以夜未央之時問夜早晚美者美其能自勤以政事因以箴者王有雞人之官凡國事爲期則告之以時王不正其官而問夜早晚也

夜如何其。箋云此宣王以諸侯將朝夜起曰夜如何其問早晚之辭夜未央。庭燎之光。君子至止。鸞聲將將。央旦也庭燎大燭也君子謂諸侯也將將鸞鑣聲也箋云夜未央猶言夜未渠央也而於庭設大燭使諸侯早來朝聞鸞聲將將然

○夜如何其。夜未艾。庭燎晣晣。君子至止。鸞聲噦噦。艾久也晣晣明也噦噦徐行有節也箋云芟末曰艾以言夜先雞鳴時

○夜如何其。夜鄉晨。庭燎有

明本脱羣臣二字

煇君子至止。言觀其旂。煇光也箋云晨明也上二章聞鸞聲爾今夜鄉明我見其旂是朝之時也朝禮羣臣別色始入

庭燎三章章五句。

沔水規宣王也。規者正圓之器也規主仁仁恩也以恩親正君曰規春秋傳曰近臣盡規

沔彼流水。朝宗于海。興也沔水流滿也水猶有所朝宗箋云興者水流而入海小就大也喻諸侯朝天子亦猶是也諸侯春見天子曰朝夏見曰宗鴥彼飛隼。載飛載止。箋云載之言則也言隼欲飛則飛欲止則止喻諸侯之自恣朝不朝自由無所懼也嗟我兄弟。邦人諸友。莫肯念亂。誰無父母。邦人諸友謂諸侯也兄弟同姓臣也京師者諸侯之父母也箋云我我王也莫無也我同姓異姓之諸侯女自恣聽不朝無肯念此於禮法爲亂者

汝誰無父母乎言皆生於父母也臣之道資於事父以事君 ○沔彼流水其流湯湯言放縱無所入也箋云湯湯波流盛貌喩諸侯奢僭既不朝天子復不事侯伯 鴥彼飛隼載飛載揚言無所定止也箋云則飛則揚喩諸侯出兵妄相侵伐 念彼不蹟載起載行心之憂矣不可弭忘不蹟不循道也弭止也箋云彼彼諸侯也諸侯不循法度妄興師出兵我念之憂不能忘也 ○鴥彼飛隼率彼中陵箋云率循也隼之性待鳥雀而食飛循陵阜者是其常也喩諸侯之守職順法度者亦是其常也 民之訛言寧莫之懲懲止也箋云訛僞也言時不令之小人好詐僞爲交易之言使人見怨咎安然無禁止 我友敬矣讒言其興疾王不能察讒也箋云我我天子也友謂諸侯也言諸侯有敬其職順法度者讒人猶興其言以毀惡之王與侯伯不當察之乎

出一有在時君三字

沔水三章二章章八句一章六句

鶴鳴誨宣王也誨教也教宣王求賢人之未仕者

鶴鳴于九皐聲聞于野興也皐澤也言身隱而名著也箋云皐澤中水溢出所爲坎自外數至九喻深遠也鶴在澤中而野聞其鳴聲興者喻賢者雖隱居人咸知之魚潛在淵或在于渚良魚在淵小魚在渚箋云此言魚之性寒則逃於淵溫則見於渚喻賢者世亂則隱治平則出也樂彼之園爰有樹檀其下維蘀何樂於彼園之觀乎蘀落也尚有樹檀而下其蘀箋云之往爰曰也言所以之彼園而觀者人曰有樹檀檀下有蘀此猶朝廷之尚賢者而下小人是以往也他山之石可以爲錯錯石也可以琢玉舉賢用滯則可以治國箋云他山喻異國

○鶴鳴于九皐聲聞于天箋云天喻高遠也魚

在于渚○或潛在淵○箋云時寒則魚去渚逃於淵　樂彼之園○爰有樹

檀○其下維穀○穀惡木也　他山之石○可以攻玉也　攻錯

鶴鳴二章章九句○

祈父刺宣王也○刺其用祈父不得其人也官非其人則職廢祈父之職掌六軍之事有九

伐之法古者祈圻畿皆同

祈父○祈父司馬也職掌封祈之兵甲箋云此司馬也時人以其職號之故曰祈父書曰若疇圻父謂

司馬司馬掌祿士故司士屬焉又有司右主勇力之士　予王之爪牙胡轉予于

恤靡所止居○箋云恤憂也宣王之末司馬職廢羌戎爲敗予我轉移也此勇力之士責司馬

之辭也我乃王之爪牙之士當爲王閑守之衛女何移我於憂使我無所止居乎謂見使從軍與羌戎戰

於千畝而敗之時也六軍之士出自六鄉法不取於王之爪牙之士○祈父予王之爪

士○士事也胡轉予于恤○靡所底止底至也○祈父亶不聰○

亶誠也胡轉予于恤○有母之尸饔○尸陳也熟食曰饔箋云己從軍而母爲父

陳饌飲食之具自傷不得供養也

祈父三章章四句○

白駒○大夫刺宣王也○刺其不能畱賢者也

皎皎白駒食我場苗○縶之維之以永今朝○宣王之末不能用賢

賢者有乘白駒而去者縶絆維繫也箋云永久也願此去者乘其白駒而來使食我場中之苗我則絆之

繫之以久今朝愛之欲留之所謂伊人於焉逍遙○箋云伊當作繄繄猶是也所謂

是乘白駒而去之賢人今於何遊息乎思之甚也○皎皎白駒食我場藿縶之維之以永今夕藿猶苗也夕猶朝也所謂伊人於焉嘉客○皎皎白駒賁然來思賁飾也箋云願其來而得見之易卦曰山下有火賁賁黃白色也爾公爾侯逸豫無期爾公爾侯邪何為逸樂無期以反也慎爾優游勉爾遁思慎誠也箋云誠女優游使待時也勉女遁思度己終不得見自訣之辭○皎皎白駒在彼空谷空大也生芻一束其人如玉箋云此戒之也女行所至主人之餼雖薄要就賢人其德如玉然毋金玉爾音而有遐心箋云毋愛女聲音而有遠我之心以恩責之也

白駒四章章六句

黃鳥刺宣王也刺其以陰禮教親而不至聯兄弟之不固

黃鳥黃鳥無集于穀無啄我粟興也黃鳥之性宜集木啄粟喻天下室家不以其道而相去是亦失其性此邦之人不我肯穀穀善也箋云不肯以善道與我言旋言歸復我邦族宣王之末天下室家離散妃匹相去有不以禮者箋云言我復反也○黃鳥黃鳥無集于桑無啄我粱此邦之人不可與明不可與明夫婦之道箋云明當爲盟盟信也言旋言歸復我諸兄婦人有歸宗之義箋云宗謂宗子也○黃鳥黃鳥無集于栩無啄我黍此邦之人不可與處處居也言旋言歸復我諸父諸父猶諸兄也

黃鳥三章章七句

明本多異作開有深字行

我行其野刺宣王也。刺其不能正嫁取之數而有荒政多昬之俗

我行其野。蔽芾其樗。昬姻之故言就爾居。樗惡木也箋云樗之

蔽芾始生謂仲春之時嫁娶之月婦之父與壻之父相謂昬姻言我也我乃以此二父之命故我就女居

我豈其無禮來乎責之也爾不我畜復我邦家。畜養也箋云宣王之末男女失道以

求外昬棄其舊姻而相怨○我行其野言采其蓫。昬姻之故言就

爾宿。○蓫惡菜也箋云蓫牛蘈也亦仲春時始生可采也爾不我畜言歸斯復。

復反也○我行其野。言采其葍。不思舊姻求爾新特。葍惡

菜也新特外昬也箋云葍䔰也亦仲春時始生可采也婚之父曰姻我采葍之時以禮來嫁女女不思女

老父之命而棄我而求女新昬特來之女責之也不以禮嫁必無肯媵之成不以富亦祇。

以異。祇適也箋云女不以禮爲室家成事不足以得富也女亦適以此自異於人道言可惡也

我行其野三章章六句。

斯干。宣王考室也。考成也德行國富人民殷衆而皆佼好骨肉和親宣王於是築宮廟羣寢既成而釁之歌斯干之詩以落之此之謂成室宗廟成則又祭祀先祖

秩秩斯干。幽幽南山。興也秩秩流行也干澗也幽幽深遠也箋云興者喻宣王之德如澗水之源秩秩流出無極已也國以饒富民取足焉如於深山

如竹苞矣。如松茂矣。苞本也箋云言時民殷衆如竹之本生矣其佼好又如松栢之暢茂矣

兄及弟矣。式相好矣。無相猶矣。猶道也箋云猶當作瘉瘉病也言時人骨肉用是相愛好無相詬病也

○似續妣祖。似嗣也箋云似讀如已午之巳巳續妣祖者謂巳妣成其宮廟也妣先妣

姜嫄也祖先祖也築室百堵西南其戶西鄉戶南鄉戶也箋云此築室者謂築燕
寢也百堵百堵一時起也天子之寢有左右房西其戶者異於一房者之室戶也又云南其戶者宗廟及
路寢制如明堂每室四戶是室一南戶爾爰居爰處爰笑爰語箋云爰於也於是居
於是處於是笑於是語言諸寢之中皆可安樂○約之閣閣椓之橐橐約束也閣
閣猶歷歷也橐橐用力也箋云約謂縮板也椓謂擣土也風雨攸除鳥鼠攸去君
子攸芋芋大也箋云芋當作幠幠覆也寢廟既成其椙屋弘殺則風雨之所除也其堅緻則鳥鼠
之所去也其堂室相稱則君子之所覆蓋○如跂斯翼如人之跂竦翼爾如矢斯
棘如鳥斯革棘稜廉也革翼也箋云棘戟也如人挾弓矢戟其肘如鳥夏暑希革張其翼時
如翬斯飛君子攸躋躋升也箋云伊洛而南素質五色皆備成章曰翬此章四如者

皆謂廉隅之正形貌之顯也翬者鳥之奇異者也○故以成之焉此章主於宗廟君子所升祭祀之時

殖殖其庭有覺其楹○殖殖言平正也有覺言高大也箋云覺直也噲噲其正○噦噦其冥○正長也冥幼也箋云噲噲猶快快也正晝也噦噦猶煟煟也冥夜也言居之晝日則快快然夜則煟煟然皆寬明之貌君子攸寧箋云此章主於寢君子所安燕息之時

○下莞上簟乃安斯寢○箋云莞小蒲之席也竹葦曰簟寢既成乃鋪席與羣臣安燕爲歡以樂之乃寢乃興乃占我夢○言善之應人也箋云興夙興也有善夢則占之

吉夢維何○維熊維羆○維虺維蛇○箋云熊羆之獸虺蛇之蟲此四者夢之吉祥也

○大人占之○維熊維羆男子之祥○維虺維蛇女子之祥○箋云大人占之謂以聖人占夢之法占之也熊羆在山陽之祥也故爲生男虺蛇穴處陰之祥

明本其下有一字彷字

也故爲生女也○乃生男子載寢之牀載衣之裳載弄之璋半圭曰璋裳下之飾也璋臣之職也箋云男子生而臥於牀尊之也裳晝日衣也衣以裳者明當主於外事也玩以璋者欲其比德焉正以璋者明當成之有漸其泣喤喤朱芾斯皇室家君王○箋云皇猶煌煌也芾者天子純朱諸侯黃朱室家一家之內宜王所生之子或且爲諸侯或且爲天子皆將佩朱芾煌煌然○乃生女子載寢之地載衣之裼載弄之瓦○裼褓衣也瓦紡塼也箋云臥於地卑之也褓夜衣也明當主於內事紡塼習其所有事也無非無儀唯酒食是議無父母詒罹婦人質無威儀也罹憂也箋云儀善也婦人無所專於家事有非非婦人也有善亦非婦人也婦人之事惟議酒食爾無遺父母之憂

斯干九章四章章七句。五章章五句。

無羊。宣王考牧也。厲王之時牧人之職廢宣王始興而復之至此而成謂復先王牛羊之數

誰謂爾無羊三百維羣。誰謂爾無牛九十其犉。黃牛黑脣曰犉箋云爾女也女宣王也宣王復古之牧法汲汲於其數故歌此以解之也誰謂女無羊今乃三百頭爲一羣誰謂女無牛今乃犉者九十頭言其多矣足如古也爾羊來思其角濈濈。聚其角而息濈濈然箋云言此者美嘉畜得其所爾牛來思其耳濕濕。呞而動其耳濕濕然○或降于阿。或飲于池。或寢或訛。訛動也箋云言此者美其無所驚畏也爾牧來思何蓑何笠或負其餱。何揭也蓑所以備雨笠所

以禦暑箋云言此者美牧人寒暑飲食有備三十維物爾牲則具異毛色者三十
也箋云牛羊之色異者三十則女之祭祀索則有之○爾牧來思以薪以蒸以
雌以雄箋云此言牧人有餘力則取薪蒸搏禽獸以來歸也麤曰薪細曰蒸爾羊來思
矜矜兢兢不騫不崩矜矜兢兢言堅彊也騫虧也崩羣疾也麾之以肱
畢來既升肱臂也升升入牢也箋云此言擾馴從人意也○牧人乃夢衆維
魚矣旐維旟矣箋云牧人乃夢見人衆相與捕魚又夢見旐與旟占夢之官得而獻之於
宣王將以占國事也大人占之衆維魚矣實維豐年陰陽和則魚衆多矣
箋云魚者庶人之所以養也衆人相與捕魚則是歲熟相供養之祥也易中孚卦曰豚魚吉旐維
旟矣室家溱溱溱溱衆多也旐旟所以聚衆也箋云溱溱子孫衆多也

無羊四章章八句

鴻鴈之什十篇三十二章二百三十三句

毛詩卷第十一

毛詩卷第十二

節南山之什詁訓傳第十八

毛詩小雅　　　鄭氏箋

節南山○家父刺幽王也○家父字周大夫也

節彼南山○維石巖巖○興也節高峻貌巖巖積石貌箋云興者喻三公之位人所尊嚴

赫赫師尹○民具爾瞻○憂心如惔不敢戲談○赫赫顯盛貌師大師周之三公也尹尹氏為大師具俱瞻視惔燔也箋云此言尹氏女居三公之位天下之民俱視女之所為皆憂心如火灼爛之矣又畏女之威不敢相戲而談語疾其貪暴脅下以刑辟也

國既卒斬○何用不監○卒盡斬斷監視也箋云天下之諸侯日相侵伐其國已盡絕滅女何用為職不監察

之○節彼南山有實其猗實滿猗長也箋云猗倚也言南山旣能高峻又以艸木平滿其旁倚之畎谷使之齊均也赫赫師尹不平謂何箋云責三公之位不均平不如山之爲也謂何猶云何也天方薦瘥喪亂弘多薦重瘥病弘大也箋云天氣方今又重以疫病長幼相亂而死亡甚大多也民言無嘉憯莫懲嗟憯曾也箋云懲止也天下之民皆以災害相弔唁無一嘉慶之言曾無以恩德止之者嗟乎奈何○尹氏大師維周之氐秉國之均四方是維天子是毗俾民不迷氐本均平毗厚也箋云氐當作桎鎋之桎毗輔也言尹氏作大師之官爲周之銍鎋持國政之平維制四方上輔天子下教化天下使民無迷惑之憂言至重不弔昊天不宜空我師弔至空窮也箋云至猶善也不善乎昊天愬之也不宜使此人居尊官困窮我之衆民也○弗躬

弗親庶民弗信弗問弗仕勿罔君子庶民之言不可信勿罔其上而行也箋云仕察也勿當作未此言王之政不躬而親之則恩澤不信於衆民矣不問而察之則下民未罔其上矣式夷式已無小人殆式用也用平則已無以小人之言至於危殆也箋云夷平也殆近也爲政當用平正之人用能紀理其事者無小人近瑣瑣姻亞則無膴仕瑣瑣小貌兩壻相謂曰亞膴厚也箋云壻之父曰姻瑣瑣昏姻妻黨之小人無厚任用之置之大位重其祿也○昊天不傭降此鞠訩昊天不惠降此大戾傭均鞠盈訩訟也箋云盈猶多也戾乖也昊天乎師氏爲政不均乃下此多訟之俗又爲不和順之行乃下此乖爭之化疾時民傚爲之怨之於天君子如屆俾民心闋君子如夷惡怒是違屆極闋息夷易違去也箋云屆至也君子斥在位者如行至誠之道則民鞫訩之心息如

行平易之政則民乖爭之情去言民之失由於上可反覆也○不弔昊天亂靡有定式月斯生俾民不寧憂心如酲誰秉國成病酒曰酲成平也箋云弔至也至猶善也定止式用也不善乎昊天天下之亂無肯止之者用月此生言月月益甚也使民不得安我今憂之如病酒之酲矣觀此君臣誰能持國之平乎言無有也不自爲政卒勞百姓○箋云卒終也昊天不自出政教則終窮苦百姓欲使昊天出圖書有所授命民乃得安○駕彼四牡四牡項領○項大也箋云四牡者人君所乘駕今但養大其領不肯爲用喻大臣自恣王不能使也我瞻四方蹙蹙靡所騁騁極也箋云蹙蹙縮小之貌我視四方土地日見侵削於夷狄蹙蹙然雖欲馳騁無所之也○方茂爾惡相爾矛矣○茂勉也箋云相視也方爭訟自勉於惡之時則視女矛矛矣言欲戰鬭相殺傷也既夷既懌

如相醻矣懌服也箋云夷説也言大臣之乖爭本無大讎其已相和順而説懌則如賓主飲酒相醻酢也

○昊天不平我王不寧不懲其心覆怨其正正長也箋云昊天乎師尹爲政不平使我王不得安寧女不懲止女之邪心而反怨憎其正也

○家父作誦以究王訩家父大夫也箋云究窮也大夫家父作此詩而爲王誦之以窮極王之政所以致多訟之本意

式訛爾心以畜萬邦箋云訛化畜養也

節南山十章六章章八句四章章四句

正月大夫刺幽王也

正月繁霜我心憂傷正月夏之四月繁多也箋云夏之四月建巳之月純陽用事而霜多急恒寒若之異傷害萬物故心爲之憂傷

民之訛言亦孔之將將大也箋云訛

有僞一本作爲僞

僞也人以僞言相陷入使王行酷暴之刑致此災異故言亦甚大也念我獨兮。憂心京

京。哀我小心。癙憂以痒。京京憂不去也癙痒皆病也箋云念我獨兮者言我獨憂

此政也。○父母生我。胡俾我瘉。不自我先。不自我後。父母

謂文武也我我天下瘉病也箋云自從也天使父母生我何故不長遂我而使我遭此暴虐之政而病此

亂何不出我之前不居我之後窮苦之情苟欲免身好言自口。莠言自口。莠醜也箋

云自從也此疾訛言之人善言從女口出惡言亦從女口出女口一爾善也惡也同出其忠謂其可賤

憂心愈愈。是以有侮。愈愈憂意也箋云我心憂政如是是與訛言者殊塗故用是見

侵侮也。○憂心惸惸。念我無祿。惸惸憂意也箋云無禮者言不得天祿自傷值

今生也民之無辜。并其臣僕。古者有罪不入於刑則役之圜土以爲臣僕箋云辜

罪也人之尊卑有十等僕第九臺第十言王既刑殺無罪乃并及其家之賤者不止於所罪而已書曰越茲麗刑并制

哀我人斯于何從祿箋云斯此于於也哀乎今我人見遇如此當於何從得天祿以免於是難乎

瞻烏爰止于誰之屋○富人之屋烏所集也箋云視烏集於富人之屋以言今民亦當求明君而歸之爾

○**瞻彼中林侯薪侯蒸**中林林中也薪蒸言似而非箋云侯維也林中大木之處而維有薪蒸爾喻朝廷宜有賢者而但聚小人

民今方殆視天夢夢○王者為亂夢夢然箋云方且也民今且危亡視王所為反夢夢然而亂無統理安定之意

既克有定靡人弗勝○勝乘也箋云王既能有所定尚復事之小者爾無人而不勝言凡人所定皆勝王也

有皇上帝伊誰云憎○皇君也箋云伊讀當為繄繄猶是也有君上帝者以情告天也使王暴虐如是憎惡誰乎欲天指害其所憎而已

○**謂**

山蓋卑爲岡爲陵。在位非君子小人也箋云此喻爲君子賢者之道人尚謂之卑況爲凡庸小人之行乎民之訛言。寧莫之懲箋云小人在位曾無欲止衆民之爲僞言相陷害也召彼故老。訊之占夢故老元老訊問也箋云君臣在朝侮慢元老召之不問政事但問占夢不尚道德而信徵祥之甚具曰予聖。誰知烏之雌雄君臣俱自謂聖也箋云時君臣賢愚適同如烏雌雄相似誰能別異之乎○謂天蓋高。不敢不局。謂地蓋厚。不敢不蹐。維號斯言。有倫有脊。局曲也蹐累足也倫道脊理也箋云局蹐者天高而有雷霆地厚而有陷淪也此民疾苦王政上下皆可畏怖之言也維民號呼而發此言皆有道理所以至然者非徒苟妄爲誣辭哀今之人。胡爲虺蜴。蜴螈也箋云虺蜴之性見人則走哀哉今之人何爲如是傷時政也○瞻彼阪田有菀其特言朝廷曾無傑臣箋云阪田崎嶇墝埆之處而有菀然茂特之苗喻賢者在閒辟隱居之時天之抗我如不我克抗動也箋云我我特苗也天以風雨動搖我如將不勝我謂其迅疾也彼求我則如不我得箋云彼彼王也王之始徵求我如恐不得我言其禮命之繁多執我仇仇亦不我力仇仇猶謷謷也箋云王既得我執留我其禮待我謷謷然亦不問我在位之功力言其有貪賢之名而無用賢之實○心之憂矣如或結之今茲之正胡然厲矣厲惡也箋云茲此正長也心憂如有結之者憂今此之君臣何一然為惡如是燎之方揚寧或滅之滅之以水也箋云火田為燎燎之方盛之時炎熾熛怒寧有能滅息之者乎言無有也以無有喻有之者為甚也赫赫宗周褒姒威之宗周鎬京也褒國也姒姓也威滅也有褒國之女幽王惑焉而以為后詩人知其必滅周

用是明本作是用

所隱明本作所止

毛詩卷十二

也○終其永懷又窘陰雨窘困也箋云窘仍也終王之所行其長可憂傷矣又將仍憂於陰雨陰雨喻君有泥陷之難、其車既載乃棄爾輔大車重載又棄其輔箋云以車之載物喻王之任國事也棄輔喻遠賢也載輸爾載將伯助予將請伯長也箋云輸隨也棄女車輔則隨女之載乃請長者見助以言國危求賢者已晚矣○無棄爾輔員于爾輻員益也屢顧爾僕不輸爾載箋云屢數也僕將車者也顧猶視也念也終踰絕險曾是不意箋云女不棄車之輔數顧女僕終用是踰度陷絕之險女曾不以是為意乎以商事喻治國也○魚在于沼亦匪克樂潛雖伏矣亦孔之炤沼池也箋云池魚之所樂而非能樂其潛伏於淵又不足以逃甚炤炤易見以喻時賢者在朝廷道不行無所樂退而窮處又無所隱也憂心慘慘念國之為

虐。慘慘猶戚戚也 ○彼有旨酒。又有嘉殽。言禮物備也箋云彼彼尹氏大師也

洽比其鄰。昏姻孔云。洽合鄰近云旋也是言王者不能親親以及遠箋云云猶友也言尹氏富獨與兄弟相親友爲朋黨也

念我獨兮。憂心慇慇。慇慇然痛也箋云此賢者孤特自傷也 ○佌佌彼有屋。蔌蔌方有穀。佌佌小也蔌蔌陋也箋云穀祿也此言小人富而窶陋將貴也

民今之無祿。天夭是椓。君夭之在位椓之箋云民於今而無天祿者天以薦瘥夭殺之是王者之政又復椓破之言遇害甚也

哿矣富人。哀此惸獨。哿可獨單也箋云此言王政如是富人已可惸獨將困也

正月十三章章八章章八句五章章六句

十月之交。大夫刺幽王也。當爲刺厲王作詁訓傳時移其篇第因改之耳節彼

刺師尹不平亂靡有定此篇譏皇父擅恣日月告凶正月惡褒姒滅周此篇疾艷妻煽方處又幽王時司徒乃鄭桓公友非此篇之所云番也是以知然

十月之交朔日辛卯日有食之亦孔之醜之交日月之交會醜惡也箋云周之十月夏之八月也八月朔日日月交會而日食陰侵陽臣侵君之象日辰之義日爲君辰爲臣辛金也卯木也又以卯侵辛故甚惡也

彼月而微此日而微月臣道日君道箋云微謂不明也彼月則有微今此日反微非其常爲異尤大也

今此下民亦孔之哀箋云君臣失道災害將起故下民亦甚可哀

○日月告凶不用其行四國無政不用其良箋云告凶告天下以凶亡之徵也行道度也不用之者謂相干犯也四方之國無政治者由天子不用善人也

彼月而食則維其常此日而食于

何不臧箋云臧善也○爗爗震電不寧不令爗爗震電貌震雷也箋云雷電過常天下不安政教不善之徵百川沸騰山冢崒崩沸出騰乘也山頂曰冢箋云崒者崔嵬百川沸出相乘陵者由貴小人也山頂崔嵬者崩君道壞也高岸爲谷深谷爲陵言易位也箋云易位者君子居下小人處上之謂也哀今之人胡憯莫懲箋云憯曾懲止也變異如此禍亂方至哀哉今在位之人何曾無以道德止之○皇父卿士番維司徒家伯維宰仲允膳夫聚子內史蹶維趣馬楀維師氏豔妻煽方處豔妻褒姒美色曰豔煽熾也箋云皇父家伯仲允皆字番聚蹶楀皆氏厲王淫於色七子皆用后嬖寵方熾之時並處位言妻黨盛女謁行之甚也敵夫曰妻司徒之職掌天下土地之圖人民之數冢宰掌建邦之六典皆卿也膳夫上士也掌王之飲食膳羞內史

中大夫也掌爵祿廢置殺生予奪之法趣馬中士也
掌王馬之政師氏亦中大夫也掌司朝得失之事此
六人之中雖官有尊卑權寵相連朋黨於朝是以疾
焉皇父則爲之端首兼擅羣職故但目以卿士云
○抑此皇父豈曰不時胡爲我作不卽我謀徹我牆
屋田卒汙萊時是也下則汙高則萊箋云抑之言噫
噫是皇父疾而呼之女豈曰我所爲不
是乎言其不自知惡也女何爲役作我不先就與我
謀使我得遷徙乃反徹毀我牆屋令我不得趨農田
卒爲汙萊乎此皇父
所築邑人之怨辭曰予不戕禮則然矣箋云戕殘
也言皇父
既不自知不是反云我不殘敗女田
業禮下供上役其道當然言文過也○皇父孔聖作
都于向擇三有事亶侯多藏皇父甚自謂聖向邑也
擇三有事有司國之三
卿信維貪淫多藏之人也箋云專權足己自比聖人
作都立三卿皆取聚歛之臣言不知厭也禮畿內諸

侯二卿不慭遺一老俾守我王箋云慭者心不欲自強之辭也言盡將舊在位之人與之皆去無御衞王者擇有車馬以居徂向箋云又擇民人之富有車馬者以徙居于向也○黽勉從事不敢告勞箋云詩人賢者見時如是自勉以從王事雖勞不敢自謂勞畏刑罰也無罪無辜讒口囂囂箋云囂囂衆多貌時人非有辜罪其被讒口見椓譖囂囂然下民之孽匪降自天噂沓背憎職競由人○噂猶噂噂沓猶沓沓職主也箋云孽妖孽謂相爲災害也下民有此非從天墮也噂噂沓沓相對談語背則相憎逐爲此者由主人耳也○悠悠我里亦孔之痗悠悠憂也里病也痗病也箋云里居也悠悠乎我居今之世亦甚困病四方有羨我獨居憂羨餘也箋云四方之人盡有饒餘我獨居此而憂民莫不逸我獨不敢休箋云逸逸豫也

天命不徹我不敢傚我友自逸徹道也親屬之臣心不能已者也箋云不道者言王不循天之政教

十月之交八章章八句

雨無正大夫刺幽王也雨自上下者也衆多如雨而非所以爲政也亦當爲刺厲王王之所下教令甚多而無正也

浩浩昊天不駿其德降喪饑饉斬伐四國駿長也穀不熟曰饑蔬不熟曰饉箋云此言王不能繼長昊天之德至使昊天下此死喪饑饉之災而天下諸侯於是更相侵伐昊天疾威弗慮弗圖箋云慮圖皆謀也王既不駿昊天之德今昊天又疾其政以刑罰威恐天下而不慮不圖舍彼有罪既伏其辜若此無罪淪胥

明本作爲陳法度之言不信之也

明本民下無人字

以鋪。舍除淪率也箋云胥相鋪徧也言王使此無罪者見牽率相引而徧得罪也○周宗既滅，靡所止戾。戾定也箋云周宗鎬京也是時諸侯不朝王民不堪命王流于彘無所安定也正大夫離居，莫知我勩。勩勞也箋云正長也長官之大夫於王流于彘而皆散處無復知我民人之見罷勞也三事大夫，莫肯夙夜。邦君諸侯，莫肯朝夕。箋云王流在外三公及諸侯隨王而行者皆無君臣之禮不肯晨夜朝暮省王也庶曰式臧，覆出爲惡。覆反也箋云人見王之失所庶幾其自改悔而用善人反出敎令復爲惡也○如何昊天，辟言不信。如彼行邁，則靡所臻。辟法也箋云如何乎昊天痛而愬之也我爲之陳法度之言不見信之也我之言不見信如行而無所至也凡百君子，各敬爾身。胡不相畏，不畏于天。箋云凡百君子謂衆在位者各敬慎女之身正君臣之禮何為上下不相畏乎上下不相畏是不畏于天○戎成不退飢成不遂○曾我暬御憯憯日瘁○戎兵遂安也暬御侍御也瘁病也箋云兵成而不退謂王見流于彘無御止之者飢成而不安謂王在彘乏於飲食之蓄無輸粟歸餼者此二者曾但侍御左右小臣憯憯憂之大臣無念之者凡百君子莫肯用訊聽言則答譖言則退○以言進退人也箋云訊告也衆在位者無肯用此相告語者言不憂王之事也答猶距也有可聽用之言則共以辭距而違之有可譖毀之言則共為排退之羣臣並為不忠惡直醜正○哀哉不能言匪舌是出維躬是瘁○哀賢人不得言不得出是舌也箋云瘁病也不能言言之拙也言非可出於舌其身旋見困病○哿矣能言巧言如流俾躬處休○哿可也可矣世所謂能言也巧言從俗如水轉流箋云巧猶善也謂以事類風

明本謂上彘王都二字

切劓微之言如水之流忽然而過故不悖逆使身居安休休然亂世之言順說爲上○維曰于仕孔棘且殆云不可使得罪于天子○亦云可使怨及朋友○于往也箋云棘急也不可使者不正不從也可使者雖不正從也居今衰亂之世云往仕乎甚急迮且危急迮且危以此二者也○謂爾遷于王都○曰予未有室家○賢者不肯遷于王都也箋云王流于彘正大夫離居同姓之臣從王思其友而呼之謂曰女今可遷居王都王都謂彘也其友辭之云我未有室家於王都可居者也鼠思泣血○無言不疾○無聲曰泣血無所言而不見疾也箋云鼠憂也既辭之以無室家爲其意恨又患不能距止之故云我憂思泣血欲遷王都見女今我無一言而不道疾者言己方困於病故未能也昔爾出居○誰從作爾室○遭亂世義不得去思其友而不肯反者也箋云往始離居之時誰隨爲女作室女猶

自作之爾今反以無室家距我恨之辭

雨無正七章二章章十句二章章八句三章章六句

小旻大夫刺幽王也所刺列於十月之交雨無正爲小故曰小旻亦當爲刺厲王

旻天疾威敷于下土敷布也箋云旻天之德疾王者以刑罰威恐萬民其政教乃布於下土言天下徧知

謀猶回遹何日斯沮回邪遹辟沮壞也箋云猶道沮止也今王謀爲政之道回辟不循旻天之德已甚矣心猶不悛何日此惡將止

謀臧不從不臧覆用我視謀猶亦孔之卬卬病也箋云臧善也謀之善者不從其不善者反用之我視王謀爲政之道亦甚病天下○

潝潝訿訿亦孔之哀潝潝然患其上訿訿然不

恩稱乎上。箋云：臣不事君，亂之階也，甚可哀也。謀之其臧則具是違，謀之不臧則具是依。我視謀猶，伊于胡底。箋云：于，往。底，至也。謀之善者俱背違之，其不善者依就之，我視今君臣之謀道，往行之將何所至乎，言必至於亂。○我龜既厭，不我告猶。猶，道也。箋云：猶，圖也。卜筮數而瀆龜靈龜靈厭之，不復告其所圖之吉凶，言雖得吉兆，占繇不中。謀夫孔多，是用不集。集，就也。箋云：謀事者衆多，而非賢者是非相奪，莫適可從，故所爲不成。發言盈庭，誰敢執其咎。謀人之國，國危則死之，古之道也。箋云：謀事者衆，訩訩滿庭，而無敢決當是非，事若不成，誰云己當其咎責者，言小人爭知而讓過。如匪行邁謀，是用不得于道。箋云：匪，非也。君臣之謀事如此，與不行而坐圖遠近，是於道路無進於跬步何以異乎。○哀哉爲猶，匪先民是程，匪大猶

明本也下脫爭字言下是明本作見字

當明本謀作者

是經。維邇言是聽。維邇言是爭。古曰在昔昔曰先民程法經常猶道邇近
也爭爭爲近言箋云哀哉今之君臣謀事不用古人
之法不猶大道之常而徒聽順近言之同者爭近言
之異者言是動軏則泥陷不至於遠也如彼築室于道謀。是用不潰于
成。潰遂也箋云如當路築室得人而與之謀所爲路人之意不同故不得遂成也○國雖靡
止。或聖或否。民雖靡膴。或哲或謀。或肅或艾。靡止言小也人
有通聖者有不能者亦有明哲者有聰謀者艾治也
有恭肅者有治理者箋云靡無止禮膴法也言天下
諸侯今雖無禮其心性猶有通聖者有賢者民雖無
法其心性猶有知者有謀者有肅者有艾者王何不
擇爲置之於位而任之爲治乎書曰叡作聖明作哲
聰作謀恭作肅從作乂詩人之意欲王敬用五事以
明天道故云然如彼泉流。無淪胥以敗。箋云淪率也王之爲政當如源泉之流行

幽王明本作宣王

則淸無相牽率爲惡以自濁敗○不敢暴虎不敢馮河人知其一莫知其他馮陵也徒涉曰馮河徒搏曰暴虎一非也他不敬小人之危殆也箋云人皆知暴虎馮河立至之害而無知當畏愼小人能危亾也戰戰兢兢戰戰恐也兢兢戒也如臨深淵恐墜也如履薄冰恐陷也

小旻六章三章章八句三章章七句

小宛大夫刺幽王也亦當爲刺厲王

宛彼鳴鳩翰飛戾天興也宛小貌鳴鳩鶻鵰翰高戾至也行小人道責高明之功亦終不可得我心憂傷念昔先人先人文武也明發不寐有懷二人明發發夕至明○人之齊聖飲酒溫克齊正克勝也箋云中正通知之人飲

酒雖醉猶能溫藉自持以勝　彼昏不知壹醉日富　醉而日富矣箋云童昏無知之人飲酒一醉自謂日益富夸溢自恣以財驕人　各敬爾儀天命不又　又復也箋云今女君臣各敬慎威儀天命所去不復來也　○中原有菽庶民采之　中原原中也菽藿也力采者則得之箋云藿生原中非有主也以喻王位亦無常家也勤於德者則得之　螟蛉有子蜾蠃負之　螟蛉桑蟲也蜾蠃蒲盧也負持也箋云蒲盧取桑蟲之子負持而去煦嫗養之以成為己子喻王有萬民不能治則能治者將得之　教誨爾子式穀似之　箋云式用穀善也今有教誨女之萬民用善道者亦似蒲盧言將得而子也　○題彼脊令載飛載鳴　題視也脊令不能自舍君子有取節爾箋云題之為言視睇也載之言則也則飛則鳴翼也口也不有止息　我日斯邁而月斯征　箋云我我王也邁征皆行也王日此行謂日視朝也

月視朔明本作月視朝

活一本作治

而月此行謂月視朔也先王制此禮使君與羣臣議政事日有所決月有所行亦無時止息夙興夜寐無忝爾所生忝辱也○交交桑扈率場啄粟交交小貌桑扈竊脂也言上爲亂政而求下之治終不可得也箋云竊脂肉食今無肉而循場啄粟失其天性不能以自活哀我塡寡宜岸宜獄握粟出卜自何能穀塡盡岸訟也箋云仍得曰宜自從穀生也可哀哉我窮盡寡財之人仍有獄訟之事無可以自救但持粟行卜勝負從何能得生乎○溫溫恭人溫溫和柔貌如集于木恐墜也惴惴小心○如臨于谷恐隕也戰戰兢兢如履薄冰箋云衰亂之世賢人君子雖無罪猶恐懼

小宛六章章六句

小弁刺幽王也太子之傅作焉

弁彼鸒斯歸飛提提興也弁樂也鸒卑居卑居雅烏也提提羣貌箋云樂乎彼雅烏出食在野其飽羣飛而歸提提然興者喻凡人之父子兄弟出入宮庭相與飲食亦提提然樂傷今太子獨不民莫不穀我獨于罹幽王取申國女生太子宜咎又説褒姒生子伯服立以爲后而放宜咎將殺之箋云穀養于曰罹憂也天下之人無不父子相養者我太子獨不然曰以憂之也何辜于天我罪伊何舜之怨慕日號泣于旻天于父母心之憂矣云如之何○踧踧周道鞫爲茂草踧踧平易也周道周室之通道鞫窮也箋云此喻幽王信褒姒之讒亂其德政使不通於四方我心憂傷惄焉如擣假寐永嘆維憂用老心之憂矣疢如疾首惄思也擣心疾也箋云不脱冠

衣而寐曰假寐疢猶病也○維桑與梓必恭敬止父之所樹己尚不敢不恭敬

靡瞻匪父靡依匪母不屬于毛不離于裏毛在外陽以言父裏在內陰以言母箋云此言人無不瞻仰其父取法則者無不依恃其母以長大者今我大子獨不得父皮膚之氣乎獨不處母之胞胎乎何曾無恩於我天之生我我辰安在辰時也箋云此言我生所值之辰安所在乎謂六物之吉凶○菀彼柳斯鳴蜩嘒嘒有漼者淵萑葦淠淠蜩蟬也嘒嘒聲也漼深貌淠淠衆貌也箋云柳木茂盛則多蟬淵深而旁生萑葦言大者之旁無所不容譬彼舟流不知所屆箋云屆至也言今太子不爲王及后所容而見放逐狀如舟之流行無制之者不知終所至也心之憂矣不遑假寐箋云遑暇也○鹿斯之奔維足伎伎雉之朝雊尚求其雌

伎伎舒貌謂鹿之奔走其足伎伎然舒也箋云雊雉鳴
也尚猶也鹿之奔走其勢宜疾而足伎伎然舒留其
羣也雉之鳴猶知求其雌今大子之放棄譬彼壞木
其妃匹不得與之去又言鳥獸之不如
疾用無枝壞瘣也謂傷病也箋云太子放逐而不得
生子猶內傷病之木內有疾故無枝也
心之憂矣寧莫之知箋云寧猶曾也○相彼投兔尚或先之
行有死人尚或墐之墐路冢也箋云相視投掩行道
也視彼人將掩兔尚有先驅走
之者道中有死人尚有覆掩之以君子秉心維其忍
成其墐者言此所不知其心不忍
之箋云君子斥幽王也秉執也心之憂矣涕既隕之
言王之執心不如彼二人
隕隊
也○君子信讒如或醻之箋云醻旅醻也如醻君
之者謂愛而行之
子不惠不舒究之箋云惠愛究謀也王不愛太子伐
故聞讒言則放之不舒謀也

明本踣下無發字　明本姒下無以字　射之一本作射我

木掎矣，析薪杝矣。伐木者掎其巔，析薪者隨其理。箋云：掎其巔者，不欲妄踣之。杝謂觀其理也，必隨其理者，不欲妄挫折之。以言今王之遇太子，不如伐木析薪者也。舍彼有罪，予之佗矣。佗，加也。箋云：予，我也。舍褒姒讒言之罪，而妄加我太子。○莫高匪山，莫浚匪泉。浚，深也。箋云：山高矣，人登其巔；泉深矣，人入其淵。以言人無所不至，雖欲逃避之，猶有默存者焉。君子無易由言，耳屬于垣。箋云：由，用也。王無輕用讒人之言，人將有屬耳於壁而聽之者，知王有所受之，知王心不正也。無逝我梁，無發我笱。箋云：逝之也，之人梁，發人笱，此必有盜魚之罪。以言褒姒以淫色來嬖於王，盜我太子母子之寵。我躬不閱，遑恤我後。念父，孝也。高子曰：小弁，小人之詩也。孟子曰：何以言之？曰：怨乎。孟子曰：固哉夫高叟之爲詩也。昔有越人於此，關弓而射之，我則談笑而道之，無他，疏之也。兄弟關弓而射之，我則垂涕

故作一本作而作

泣而道之無他戚之也然則小弁之怨親親也親親仁也固哉夫高叟之爲詩曰凱風何以不怨曰凱風親之過小者也小弁親之過大者也親之過大而不怨是愈疏也親之過小而怨是不可磯也愈疏不孝也不可磯亦不孝也孔子曰舜其至孝矣五十而慕箋云念父孝也太子念王將受讒言不止我死之後懼復有被讒者亦無如之何故自決云我身尚不能自容何暇乃憂我死之後也

小弁八章章八句

巧言刺幽王也大夫傷於讒故作是詩也

悠悠昊天曰父母且無罪無辜亂如此憮憮大也箋云悠悠思也憮敖也我憂思乎昊天愬王也始者言其且爲民之父母今乃刑殺無罪無辜之人爲亂如此甚敖慢無法度也昊天已威予慎無罪昊天泰憮予慎無辜威畏愼誠

也箋云已泰皆言甚也昊天乎王甚可畏王甚敖慢我誠無罪而罪我○亂之初生僭
始既涵僭數涵容也箋云僭不信也既盡涵同也王之初生亂萌羣臣之言不信與信盡同之不
別也亂之又生君子信讒箋云君子斥在位者也在位者信讒人之言是復亂之所
生君子如怒亂庶遄沮遄疾沮止也箋云君子見讒人如怒責之則此亂庶幾可
疾止也君子如祉亂庶遄已祉福也箋云福者福賢者謂爵祿之也如此則亂亦
庶幾可疾止也○君子屢盟亂是用長凡國有疑會同則用盟而相要也箋云屢
數也盟之所以數者由世衰亂多相背違時見曰會殷見曰同非此時而盟謂之數君子信盜
亂是用暴盜逃也箋云盜謂小人也春秋傳曰賤者窮諸盜盜言孔甘亂是
用餤餤進也匪其止共維王之邛箋云邛病也小人好爲讒佞既不共其職

明本行下脫言字

事又爲王作病○奕奕寢廟君子作之秩秩大猷聖人莫之
他人有心予忖度之躍躍毚兔遇犬獲之奕奕大貌秩秩進智
也莫謀也毚兔狡兔也箋云此四事者言各有所能也因己能忖度讒人之心故列道之爾猷道也大道
治國之禮法遇犬犬之馴者謂田犬也○荏染柔木君子樹之往來行
言心焉數之荏染柔意也柔木椅桐梓漆也箋云此言君子樹善木如人心思數善言而出
之善言者往亦可行來亦可行於彼亦可於己亦可是之謂行言也蛇蛇碩言出自口
矣蛇蛇淺意也箋云碩大也大言者言不顧其行徒從口出非由心也巧言如簧顏之
厚矣箋云顏之厚者出言虛僞而不知慙於人○彼何人斯居河之麋水艸
交謂之麋箋云何人者斥讒人也賤而惡之故曰何人無拳無勇職爲亂階拳力

明本言下脫無字亂階間有作字衍

也箋云言無力勇者謂易誅除也職主也此人主為亂階言亂由之來也既微且尰爾勇伊何骭瘍為微腫足為尰箋云此人居下濕之地故生微尰之疾人憎惡之故言女勇伊何何所能為也為猶將多爾居徒幾何箋云猶謀將大也女作讒佞之謀太多女所與居之眾幾何人素能然乎

巧言六章章八句

何人斯蘇公刺暴公也暴公為王卿士而譖蘇公焉故蘇公作是詩以絕之暴也蘇也皆畿內國名

彼何人斯其心孔艱胡逝我梁不入我門箋云孔甚艱難逝之也梁魚梁也在蘇國之門外彼何人乎謂與暴公俱見於王者也其持心甚難知言其性堅固似不妄也

以本作己　甚本作己

暴公譖己之時汝與之乎今過我國何故近之我梁而不入見我乎疑其與之而未察斥其姓名爲太切故言何人伊誰云從維暴之云云言也箋云譖我者是言從誰生乎乃暴公之所言也由己情而本之以解何人意○二人從行誰爲此禍胡逝我梁不入唁我箋云二人者謂暴公與其侶也女相隨而行見我主誰作我是禍乎時蘊公以得譴讓也女即不爲何故近之我梁而不入弔唁我乎始者不如今云不我可箋云女始者於我甚厚不如今日也今日云我所行有何不可者乎何更於己薄也○彼何人斯胡逝我陳我聞其聲不見其身陳堂塗也箋云堂塗者公館之堂塗也女即不爲何故近之我館庭使我得聞女之音聲不得覩女之身乎不愧于人不畏于天箋云女今不入唁我何所愧畏乎皆疑之未察之辭○彼何人斯其爲飄風胡不

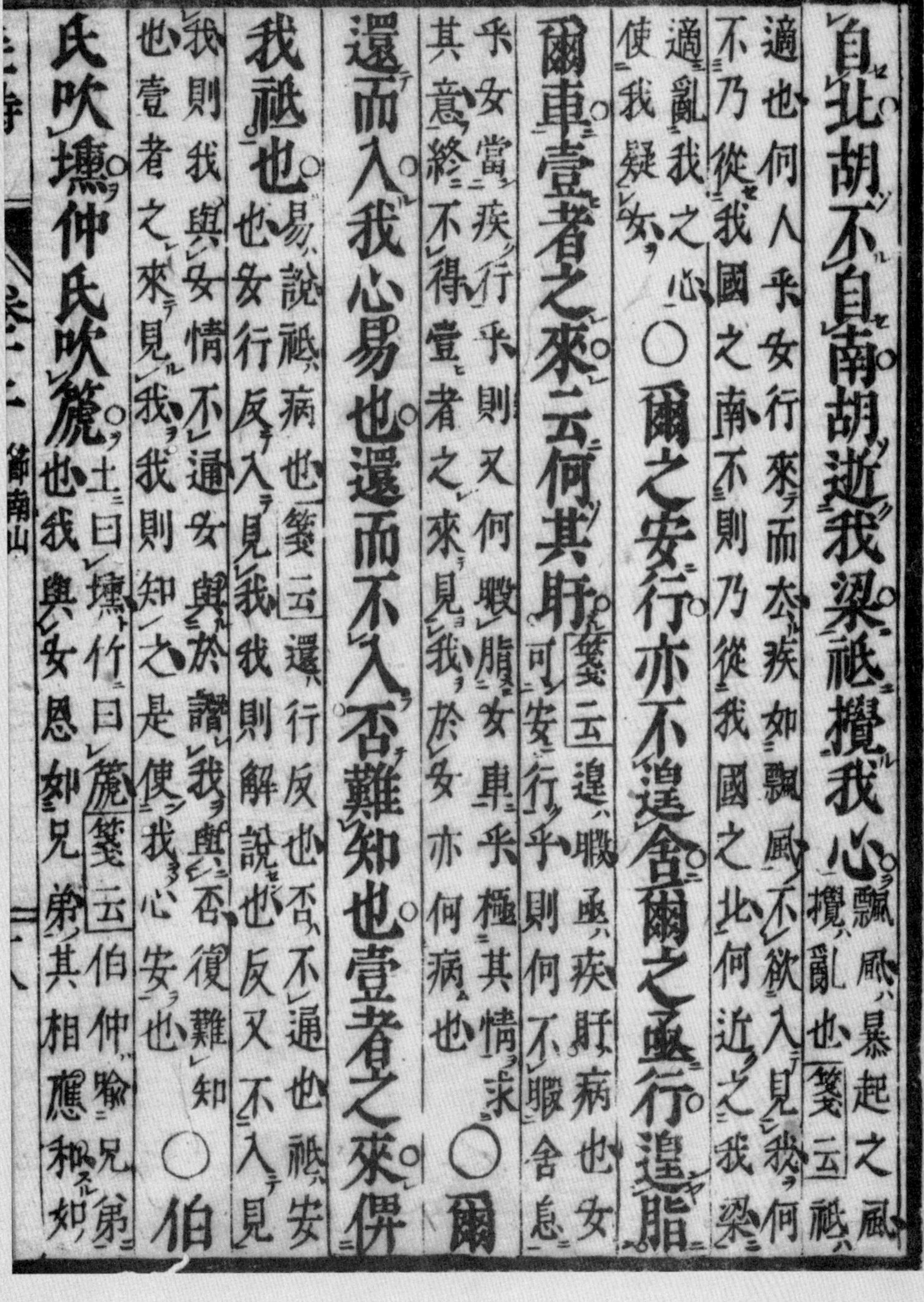

自北。胡不自南。胡逝我梁。祇攪我心。飄風暴起之風攪亂也箋云祇適也何人乎女行來而今疾如飄風不欲入見我何不乃從我國之南不則乃從我國之北何近之我梁適亂我之心使我疑女○爾之安行。亦不遑舍。爾之亟行。遑脂爾車。壹者之來。云何其盱。箋云遑暇亟疾盱病也女可安行乎則何不暇舍息乎女當疾行乎則又何暇脂女車乎極其情求其意終不得壹者之來見我於女亦何病也○爾還而入。我心易也。還而不入。否難知也。壹者之來。俾我祇也。易說祇病也箋云還行反也否不通也祇安也女行反入見我我則解說也反又不入見我則我與女情不通女與於讒我與否復難知也壹者之來見我我則知之是使我心安也○伯氏吹壎。仲氏吹篪。土曰壎竹曰篪箋云伯仲喻兄弟也我與女恩如兄弟其相應和如

毛詩　卷十二　節南山

壎如篪以言俱爲王臣宜相親愛及爾如貫諒不我知出此三物以

詛爾斯三物豕犬雞也民不相信則盟詛之君以豕臣以犬民以雞箋云及與諒信也我與女俱

爲王臣其相比次如物之在繩索之貫也今女心誠信而我不知且其出此三物以詛女之此事爲其情

之難知己又不欲長怨故設之以此言○爲鬼爲蜮則不可得有靦面

目視人罔極蜮短狐也靦姡也箋云使女爲鬼爲蜮也則女誠不可得見也姡然有面目女

乃人也人相視無有極時終必與女相見作此好歌以極反側反側不正直也箋云

好猶善也反側輾轉也作八章之歌求女之情女之情反側極於是也

何人斯八章章六句

巷伯刺幽王也寺人傷於讒故作是詩也巷伯奄官寺人內小

臣也。奄官上士四人，掌王后之命於宮中，為近，故謂
之巷伯。與寺人之官相近，讒人譖寺人，寺人又傷其
將及巷伯，
故以名篇。
萋兮斐兮，成是貝錦。興也。萋斐，文章相錯也。貝錦，錦
文也。箋云：錦文者，文如餘泉餘
蚳之貝文也。興者，喻讒人集作己過以
成於罪，猶女工之集采色以成錦文。彼譖人者，亦
已大甚。箋云：大甚者，謂使己得重罪也。○哆兮侈兮，成是南箕。哆，大貌。南
箕，箕星也。侈之言，是必有因也。斯人自謂辟嫌之不審
也。昔者顏叔子獨處于室，鄰之釐婦又獨處于室，夜
暴風雨至而室壞，婦人趨而至，顏叔子納之而使執
燭。放乎旦而蒸盡，縮屋而繼之。自以為辟嫌之不審
矣。若其審者，宜若魯人然。魯人有男子獨處于室，鄰
之釐婦又獨處于室，夜暴風雨至而室壞，婦人趨而
託之，男子閉戶而不納。婦人自牖與之言曰：子何為
不納我乎？男子曰：吾聞之也，男子不六十不閒居。今

子幼吾亦幼不可以納子婦人曰子何不若柳下惠然嫗不逮門之女國人不稱其亂男子曰柳下惠固可吾固不可吾將以吾不可學柳下惠之可孔子曰欲學柳下惠者未有似於是也箋云箕星哆然踵狹而舌廣今讒人之因寺人之近嫌而成言其罪猶因箕星之哆然而又侈大之彼譖人者誰適與謀箋云適往也誰往就女謀乎怪其言多且巧○緝緝翩翩謀欲譖人○緝緝口舌聲翩翩往來貌愼爾言也謂爾不信箋云愼誠也女誠心而後言王將謂女不信而不受欲其誠者惡其不誠也○捷捷幡幡謀欲譖言捷捷猶緝緝也幡幡猶翩翩也豈不爾受既其女遷遷去也箋云遷之言訕也王倉卒豈將不受女言乎已則亦將復訕誹女○驕人好好勞人艸艸好好喜也艸艸勞心也箋云好好者喜讒言之人也艸艸者憂將妄得罪也蒼天蒼天視彼驕人矜此

勞人○彼譖人者誰適與謀取彼譖人投畀豺虎投棄也豺虎不食投畀有北北方寒凉而不毛有北不受投畀有昊昊天也箋云付與昊天制其罪也○楊園之道猗于畝丘楊園園名猗加也畝丘丘名箋云欲之楊園之道當先歷畝丘以言此讒人欲譖大臣故從近小者始寺人孟子作爲此詩凡百君子敬而聽之寺人而曰孟子者罪已定矣而將踐刑作此詩也箋云寺人王之正內五人作起也孟子起而爲此詩欲使衆在位者愼而知之既言寺人復自著孟子者自傷將去此官也

巷伯七章四章章四句一章五句一章八句一章六句

節南山之什。十篇。七十九章。五百五十二句。

毛詩卷第十二

毛詩鄭箋

四

明本脫箋七字

毛詩卷第十三

谷風之什詁訓傳第二十

毛詩小雅　　鄭氏箋

谷風刺幽王也天下俗薄朋友道絕焉○道絕棄恩忘舊也

習習谷風維風及雨○興也風雨相感朋友相須箋云習習和調之貌東風謂之谷風興者喻風而有雨則潤澤行喻朋友同志則恩愛成將恐將懼維予與女箋云將且也恐懼喻遭厄難勤苦之事也當此之時獨我與女爾謂同其憂務將安將樂女轉棄予言朋友趨利窮達相棄箋云朋友無大故則不相棄今女已志達而安樂棄恩忘舊薄之甚○

習習谷風維風及頹○頹風之焚輪者也風薄相扶而上喻朋友相須而成將恐

將懼寘予于懷。箋云寘置也置我於懷言至親己也將安將樂棄予如遺。箋云如遺者如人行道遺忘物忽然不省存也○習習谷風維山崔嵬無艸不死無木不萎崔嵬山巔也雖盛夏萬物茂壯艸木無有不死葉萎枝者箋云此言東風生長之也山巔之上猶及之然而盛夏長養萬物之時艸木枝葉猶有萎槁者以喻朋友雖以恩相長養亦安能不時有小訟乎忘我大德思我小怨箋云大德切磋以道相成之謂也

谷風三章章六句

蓼莪刺幽王也民人勞苦孝子不得終養爾不得終養者二親病亡之時時在役所不得見也

蓼蓼者莪匪莪伊蒿興也蓼蓼長大貌箋云莪已蓼蓼長大我視之以爲非莪故謂
之蒿興者喻憂思雖在役中心不精識其事哀哀父母生我劬勞箋云哀哀者恨
不得終養父母報其生長己之苦○蓼蓼者莪匪莪伊蔚蔚牡菣也哀哀
父母生我勞瘁箋云瘁病也○缾之罄矣維罍之恥缾小而罍
大罄盡也箋云缾小而盡罍大而盈言爲罍恥者刺王不使富分貧衆恤寡鮮民之生不
如死之久矣鮮寡也箋云此言供養日寡矣而我尚不得終養恨之言也無父何
怙無母何恃出則銜恤入則靡至箋云恤憂也孝子之心怙恃父母依
依然以爲不可斯須無也出門則思之而憂旋入門又不見如入無所至○父兮生我母
兮鞠我拊我畜我長我育我顧我復我出入腹我鞠養

腹厚也箋云父兮生我者本其氣也畜起也育覆育也顧旋視也復反覆也腹懷抱也欲報之德昊天罔極箋云之猶是也我欲報父母是德昊天乎我心無已○南山烈烈飄風發發烈烈然至難也發發疾貌箋云民人自苦見役視南山則烈烈然飄風發發然寒且疾也民莫不穀我獨何害箋云穀養也言民皆得養其父母我獨何故覩此寒苦之害○南山律律飄風弗弗律律猶烈烈也弗弗猶發發也民莫不穀我獨不卒箋云卒終也我獨不得終養父母重自哀傷也

蓼莪六章四章章四句二章章八句

大東刺亂也東國困於役而傷於財譚大夫作是詩以告病焉譚國在東故其大夫尤苦征役之事也魯莊公十年齊師滅譚

有饛簋飧。有捄棘匕。興也饛滿簋貌飧熟食謂黍稷也捄長貌匕所以載鼎實棘赤心也箋云飧者客始至主人所致之禮也凡飧饔餼以其爵等爲之牢禮之數陳興者喻古者天子施予之恩於天下厚周道如砥。其直如矢。如砥貢賦平均也如矢賞罰不偏也君子所履。小人所視。箋云此言古者天子之恩厚也君子皆法效而履行之其如砥矢之平小人又皆視之共之無怨睠言顧之。潸焉出涕。睠反顧也潸涕下貌箋云言我也此二事者在乎前世過而去矣我從今顧視之爲之出涕傷今不如古○小東大東。杼柚其空。空盡也箋云小也大也謂賦斂之多少也小亦於東大亦於東言其政偏失砥矢之道也譚無他貨維絲麻爾今盡杼柚不作也糾糾葛屨。可以履霜。佻佻公子。行彼周行。佻佻獨行貌公子譚公子也箋云葛屨夏屨也周行周之列位也言時財貨盡雖公子衣屨不能順時乃夏之葛屨今以履霜送轉餫因見使行周之在列位者而發幣焉言困乏猶不得止既徃既來使我心疚。箋云既盡疚病也言譚人自空竭餫送而徃周人則空盡受之曾無反幣復禮之惠是使我心傷病也○有洌氿泉無浸穫薪契契寤歎哀我憚人。洌寒意也側出曰氿泉穫艾也契契憂苦也憚勞也箋云穫落木名也既伐而析之以爲薪不欲使氿泉浸之浸之則將濕腐不中用也今譚大夫契契憂苦而寤歎哀其民人之勞苦者亦不欲使周之賦斂小東大東極盡之極盡之則將困病亦猶是也薪是穫薪尚可載也哀我憚人亦可息也載載乎意也箋云薪是穫薪者析是穫薪也尚庶幾也庶幾析是穫薪可載而歸蓄之以爲家用哀我勞人亦可休息養之以待國事○東人之子職勞不來西人之子粲粲衣服。東人譚人也來勤也西人京師人也粲粲

明本旦下脫至字一上脫辰字

鮮盛貌箋云職主也東人勞苦而不見謂勤京師人衣服鮮潔而逸豫言王政偏甚也自此章以下言周道衰其不言政偏則言衆官廢職如是而已舟人之子熊羆是裘舟人舟楫之人熊羆是裘言富也箋云舟當作周裘當作求聲相近故也周人之子謂周世臣之子孫退在賤官使搏熊羆在冥氏穴氏之職私人之子百僚是試私人私家人也是試用於百官也箋云此言周道衰羣小得志○或以其酒不以其漿或醆於酒或不得漿鞙鞙佩璲不以其長鞙鞙玉貌璲瑞也箋云佩璲者以瑞玉爲佩佩之鞙鞙然其官職非其才之所長也徒美其佩而無其德刺其素餐維天有漢監亦有光漢天河也有光而無所明箋云監視也喻王閣置官司而無督察之實跂彼織女終日七襄跂隅貌襄反也箋云襄駕也駕謂更其肆也從旦至莫七辰辰一移因謂之七襄○雖則七襄不成

報章。不能反報成章也。箋云：織女有織名爾，駕則有西無東，不如人織相反報成文章。睆彼牽牛，不以服箱。睆，明星貌。河鼓謂之牽牛。服，牝服也。箱，大車之箱也。箋云：以，用也。牽牛不可用於牝服之箱。東有啓明，西有長庚。日旦出，謂明星爲啓明；日既入，謂明星爲長庚。庚，續也。箋云：啓明、長庚皆有助日之名，實無光也。有捄天畢，載施之行。捄，畢貌。畢所以掩兎也，何嘗見其可用乎。箋云：祭器有畢者，所以助載鼎實。今天畢則施於行列而已。○維南有箕，不可以簸揚；維北有斗，不可以挹酒漿。挹，斟也。○維南有箕，載翕其舌；維北有斗，西柄之揭。翕，合也。箋云：翕猶引也。引舌者，謂上星相近。○

大東七章，章八句。○

難一本作亂

經爰二本及集傳並作奚

四月大夫刺幽王也在位貪殘下國構禍怨亂並興焉

四月維夏六月徂暑徂往也六月火星中暑盛而往矣箋云徂猶始也四月而立夏矣至六月乃始暑盛興人爲惡亦有漸非一朝一夕先祖匪人胡寧忍予箋云匪非也寧猶曾也我先祖非人乎人則當知患難何爲曾使我當此亂世乎

秋日淒淒百卉具腓興也淒淒涼風也卉艸也腓病也箋云具猶皆也涼風用事而衆艸皆病興者喩貪殘之政行而萬民困亂離瘼矣爰其適歸離憂瘼病適之也箋云爰曰也今政亂國將有憂病者矣曰此禍其所之歸乎言憂病之禍必自之歸爲亂

冬日烈烈飄風發發箋云烈烈猶栗烈也發發疾貌言王爲酷虐慘毒之政如冬日之烈烈矣其亟急行於天下如飄風之疾

毛詩卷十三 谷風 五

也

民莫不穀我獨何害○箋云穀養也民莫不得養其父母者我獨何故覩此寒苦之害○山有嘉卉侯栗侯梅○箋云嘉善侯維也山有美善之草生於梅栗之下人取其實蹂踐而害之令不蕃茂喻上多賦斂富人財盡而弱民與受困窮廢爲殘賊莫知其尤○廢忕也箋云尤過也言在位者皆貪殘爲民之害無自知其行之過者言忕於惡○相彼泉水載清載濁○箋云相視也我視彼泉水之流一則清一則濁刺諸侯並爲惡曾無一善我日構禍曷云能穀○構成曷逮也箋云構猶合集也曷之言何也穀善也言諸侯日作禍亂之行何者可謂能善○滔滔江漢南國之紀○滔滔大水貌其神足以綱紀一方箋云江也漢也南國之大水紀理衆川使不壅滯喻吳楚之君能長理旁側小國使各得其所盡瘁以仕寧莫我有○箋云瘁病仕事也今王盡病其封畿之內以兵役之

事使羣臣有土地曾無自保有者皆懼於危○匪鶉
亾也吳楚舊名貪殘今周之政乃反不如
匪鳶翰飛戾天匪鱣匪鮪潛逃于淵鶉鵰也鵰鳶貪
殘之鳥也大魚
能逃處淵箋云翰高戾至鱣鯉也鮪鮎也言鵰鳶之
高飛鯉鮪之處淵性能自然也今非鵰鳶而高飛非
鯉鮪而處淵皆驚駭辟害爾喻民性
安土重遷今而逃走亦畏亂政故○山有蕨薇隰
有杞桋杞枸檵也桋赤楝也箋云此言艸木
生各得其所人反不得其所傷之也君子作
歌維以告哀箋云告哀勞
病而愬之

四月八章章四句

北山大夫刺幽王也役使不均己勞於從事而不得
終養其父母焉

陟彼北山言采其杞箋云言我也登北山而采杞非可食之物喻己行役不得其事

偕偕士子朝夕從事偕偕強壯皃士子有王事者也箋云朝夕從事言不得休止

王事靡盬憂我父母箋云靡無也盬不堅固也王事無不堅固故我當盡力勤勞於役久不得歸父母思己而憂

○溥天之下莫非王土率土之濱莫

非王臣溥大率循濱涯也箋云此言王之土地廣矣王之臣又衆矣何求而不得何使而不行

大夫不均我從事獨賢賢勞也箋云王不均大夫之使而專以我有賢才之故獨使我從事於役自苦之辭

○四牡彭彭王事傍傍彭彭然不得息傍傍然不得已

嘉我未老鮮我方將將壯也箋云嘉鮮皆善也王善我年未老乎善我方壯乎何獨久使我也

旅力方剛經營四方旅衆也箋云王謂此士衆之氣力方盛乎何乃勞苦

何古本作荷

使之經營四方乎 ○或燕燕居息燕燕安息貌 或盡瘁事國盡力勞病以從國事 或息偃在牀或不已于行箋云不已猶不止也 ○或不知叫號或慘慘劬勞叫呼號召也 或棲遲偃仰或王事鞅掌鞅掌失容也箋云鞅猶何也掌謂捧持之也負何捧持以趨走促遽也 ○或湛樂飲酒或慘慘畏咎箋云咎猶罪過也 或出入風議或靡事不為箋云風猶放也

北山六章三章章六句三章章四句

無將大車大夫悔將小人也周大夫悔將小人幽王之時小人衆多賢者與之從事反見譖害自悔與小人並

無將大車祇自塵兮○大車小人之所將也箋云將猶扶進也祇適也鄙事者賤者之所爲也君子爲之不堪其勞以喻大夫而進舉小人適自作憂累故悔之 無思百憂祇自疧兮○疧病也箋云百憂者衆小事之憂也進舉小人使得居位不任其職愆負及己故以衆小事爲憂適自病也 ○無將大車維塵冥冥箋云冥冥者蔽人目明令無所見也猶進舉小人蔽傷己之功德也 無思百憂不出于熲熲光也箋云思衆小事以爲憂使人蔽闇不出於光明之道 ○無將大車維塵雝兮箋云雝猶蔽也 無思百憂祇自重兮箋云重猶累也

無將大車三章章四句○

小明大夫悔仕於亂世也名篇曰小明者言幽王日小其明損其政事以至於

亂

明明上天照臨下土箋云明明上天喻王者當光明如日之中也照臨下土喻王者當察理天下之事據時幽王不能然故舉以刺之○我征徂西至于艽野二月初吉載離寒暑艽野遠荒也初吉朔日也箋云征行徂往也我行往之西方至於遠荒之地乃以二月朔日始行至今則更夏暑冬寒矣尚未得歸詩人牧伯之大夫使述其四方之事遭亂世勞苦而悔仕心之憂矣其毒太苦箋云憂之甚心中如有毒藥也念彼共人涕零如雨箋云共人靖共爾位以待賢者之君豈不懷歸畏此罪罟罟網也箋云懷思也我誠思歸畏此刑罪羅網我故不敢歸爾○昔我往矣日月方除曷云其還歲聿云莫除除陳生新也箋云四月爲除昔我往至於艽野以四月自謂

一本冒作遺

明本人上脫賢字

其時將卸歸何言其還乃至歲晚尚不得歸念我獨兮我事孔庶心之憂
矣○憚我不暇○憚勞也箋云孔甚庶衆也我事甚衆勞我不暇皆言王政不均臣事不同也
念彼恭人○睠睠懷顧箋云睠睠有往仕之志也豈不懷歸○畏此譴
怒○昔我往矣○日月方奧○奧煖也曷云其還○政事愈蹙○
歲聿云莫○采蕭穫菽蹙促也箋云愈猶益也何言其還乃至於政事更益促急歲晚
乃采蕭穫菽尚不得歸心之憂矣○自詒伊戚○戚憂也箋云詒遺也我冒亂世而仕
自遺此憂悔之辭念彼共人○興言出宿○箋云興起也夜臥起宿於外憂不能宿於
內也豈不懷歸○畏此反覆○箋云反覆謂不以正罪見罪○嗟爾君子○
無恒安處○箋云恒常也嗟女君子謂其朋友未仕者也賢人之居無常安之處謂當安安而能

明本任作乎

遷孔子曰鳥則擇木靖共爾位正直是與神之聽之式穀以女靖謀也正直爲正能正人之曲曰直箋云共具式用穀善也有明君謀其女之爵位其志在於與正直之人爲治神明若祐而聽之其用善人則必用女是使聽天任命不汲汲求仕之辭言女位者位無常主賢人則是

○嗟爾君子無恒安息息猶處也靖共爾位好是正直神之聽之介爾景福介景皆大也箋云好猶與也介助也神明聽之則將助女以大福謂遭是明君道德施行也

小明五章三章章十二句二章章六句

鼓鍾刺幽王也

鼓鍾將將淮水湯湯憂心且傷幽王用樂不與德比會諸侯于淮上鼓其

明本曰南作曰任

淫樂以示諸侯賢者爲之憂傷箋云爲之憂傷者嘉樂不野合犧象不出門乃今於淮水之上作先王之樂失禮尤甚

淑人君子懷允不忘箋云淑善懷至也允信也古者善人君子其用禮樂各得其宜至信不可忘

○鼓鍾喈喈淮水湝湝憂心且悲喈喈猶將將湝湝猶湯湯悲猶傷也

淑人君子其德不回回邪也

○鼓鍾伐鼛淮有三洲憂心且妯鼛大鼓也三洲淮上地妯動也箋云妯之言悼也

淑人君子其德不猶猶若也箋云猶當作癒癒病也

○鼓鍾欽欽鼓瑟鼓琴笙磬同音欽欽言使人樂進也笙磬東方之樂也同音四縣皆同也箋云同音者謂堂上堂下八音克諧

以雅以南以籥不僭爲雅爲南也舞四夷之樂大德廣所及也東夷之樂曰昧南夷之樂曰南西夷之樂曰朱離北夷之樂曰禁以爲籥舞若是爲和而不僭矣箋云雅萬舞

也萬也南也籥也三舞不僭言進退之旅也周樂尚武故謂萬舞爲雅雅正也籥舞文樂也

鼓鍾四章章五句

楚茨刺幽王也政煩賦重田萊多荒饑饉降喪民卒流亾祭祀不饗故君子思古焉田萊多荒茨棘不除也饑饉倉庾不盈也降喪神不與以福助也

楚楚者茨言抽其棘自昔何爲我蓺黍稷楚楚茨棘貌抽除也箋云茨蒺蔾也伐除蒺蔾與棘自古之人何乃勤苦爲此事乎我將樹黍稷焉言古者先王之政以農爲本茨言楚楚棘言抽互辭耳我黍與與我稷翼翼我倉既盈我庾維億露積爲庾萬萬曰億箋云黍與與稷翼翼蕃廡貌陰陽和風雨時則萬物成萬物成則倉庾充

滿矣倉言盈庾言億亦互辭喻多也十萬曰億以爲酒食以享以祀以妥以

侑以介景福妥安坐也侑勸也箋云享獻介助景大也以黍稷爲酒食獻之以祀先祖旣又

迎尸使處神坐而食之爲其嫌不飽祝以主人之辭勸之所以助孝子受大福也○濟濟蹌

蹌絜爾牛羊以往烝嘗或剝或亨或肆或將濟濟蹌蹌言有

容也亨飪之也肆陳將齊也或陳于牙或齊于肉箋云有容言威儀敬愼也冬祭曰烝秋祭曰嘗祭祀之

禮各有其事有解剝其皮者有煮熟之者有肆其骨體於俎者或有奉持而進之者祝祭于祊○

祀事孔明祊門內也箋云孔甚也明猶備也絜也孝子不知神之所在故使祝博求之平生門

內之旁待賓客之處祀禮於是甚明先祖是皇神保是饗皇大保安也箋云皇暀也

先祖以孝子祀禮甚明之故精氣歸暀之其鬼神又安而饗其祭祀孝孫有慶報以介

福萬壽無疆箋云慶賜也疆竟界也○執爨踖踖爲俎孔碩或燔或炙爨饔爨廩爨也踖踖言爨竈有容也燔取膟膋炙炙肉也箋云燔燔肉也炙肝炙也皆從獻之俎也其爲之於爨必取肉也肝也肥碩美者君婦莫莫爲豆孔庶爲賓爲客莫莫言清靜而敬至也豆謂內羞庶羞也繹而賓尸及賓客箋云君婦謂后也凡適妻稱君婦事舅姑之稱也庶脩也祭祀之禮后夫人主共籩豆必取肉物肥脩美者也獻酬交錯禮儀卒度笑語卒獲東西爲交邪行爲錯度法也獲得時也箋云始主人酌賓爲獻賓既飲而酢主人主人又自飲酌賓曰醻至旅而爵交錯以徧卒盡也古者於旅也語神保是格格來報以介福萬壽攸酢酢報也○我孔熯矣式禮莫愆工祝致告徂賚孝孫熯敬也善其事曰工賚予也箋云我我孝孫也式法莫無愆過徂往

也孝孫甚敬矣於禮法無過者祝以此故致神意告主人使受嘏既而以嘏之物往予主人苾芬孝祀神嗜飲食卜爾百福如幾如式幾期式法也箋云卜予也苾苾芬芬有馨香矣女之以孝敬享祀也神乃歆嗜女之飲食今予女之百福其來如有期矣多少如有法矣此皆嘏辭之意既齊既稷既匡既勑永錫爾極時萬時億稷疾勑固也箋云齊減取也稷之言即也永長極中也嘏之禮祝遍取黍稷牢肉魚擩于醢以授尸孝子前就尸受之天子使宰夫受之以筐祝則釋嘏辭以勑之又曰長賜女以中和之福是萬是億言多無數

○禮儀既備鍾鼓既戒孝孫徂位工祝致告致告告利成也箋云鍾鼓既戒戒諸在廟中者以祭禮畢孝孫往神位堂下西面位也祝於是致孝子意告尸以利成具醉止皇尸載起鼓鍾送尸神保聿歸皇大也箋云具皆也皇君

明本脫孔甚也三字

也載之言則也尸節神者也神醉而尸謖送尸而神歸尸出入奏肆夏尸稱君尊之也神安歸者歸於天也諸宰君婦廢徹不遲箋云廢去也尸出而可徹諸宰徹去諸饌君婦徹籩豆而己不遲以疾為敬也諸父兄弟備言燕私燕而盡其私恩箋云祭祀畢歸賓客之俎同姓則留與之燕所以尊賓客親骨肉也○樂具入奏以綏後祿爾殽既將莫怨具慶綏安也安然後受福祿也將行也箋云燕而祭時之樂復皆入奏以安後日之福祿骨肉歡而君之福祿安女之殽羞已行同姓之臣無有怨者而皆慶君是甚歡也既醉既飽小大稽首神嗜飲食使君壽考箋云小大猶長幼也同姓之臣燕已醉飽皆再拜稽首曰神乃歆嗜君之飲食使君壽考此其慶辭孔惠孔時維其盡之子子孫孫勿替引之替廢引長也箋云惠順也孔甚也甚順於禮甚得其時維君德

甸音殿　畇音匀

霢莫白切

能盡之願子孫勿廢而長行之

楚茨六章章十二句

信南山刺幽王也不能修成王之業疆理天下以奉禹功故君子思古焉

信彼南山維禹甸之畇畇原隰曾孫田之甸治也畇畇墾辟貌曾孫成王也箋云信乎彼南山之野禹治而丘甸之今原隰墾辟則又成王之所佃言成王乃遠脩禹之功今王反不脩其業乎六十四井爲甸甸方八里居一成之中成方十里出兵車一乘以爲賦法我疆我理疆畫經界也理分地理也南東其畝或南或東○上天同雲雨雪雰雰雰雰雪貌豐年之冬必有積雪益之以霢霂既優既渥小雨曰霢

箋云成王之時陰陽和風雨時冬有積雪春而益之以小雨潤澤則饒洽既霑既足生我百穀。○疆場翼翼黍稷彧彧場畔也翼翼讓畔也彧彧茂盛貌曾孫之穡以為酒食畀我尸賓壽考萬年箋云斂稅曰穡畀予也成王以黍稷之稅為酒食至祭祀齊戒則以賜尸與賓尊尸與賓所以敬神也敬神則得壽考萬年○中田有廬疆場有瓜是剝是菹剝瓜為菹也箋云中田田中也農人作廬為以便其田事於畔上種瓜瓜成又入其稅於天子剝削淹漬以為菹貴四時之異物獻之皇祖曾孫壽考受天之祜箋云皇君祜福也獻瓜菹於先祖者順孝子之心也孝子則獲福○祭以清酒從以騂牡享于祖考周尚赤也箋云清謂玄酒也酒謂鬱鬯與五齊三酒也祭之禮先以鬱鬯降神然後迎牲享于祖考納亨時執其鸞刀以啓其毛取其血膋鸞刀刀有鸞者言割中節也箋云毛以告純也膋脂膏也血以告殺膋以升臭合之黍稷實之於蕭合馨香也○是烝是享苾苾芬芬祀事孔明烝進也箋云既有牲物而進獻之苾苾芬芬然香祀禮於是則甚明也先祖是皇報以介福萬壽無疆箋云皇之言暀也先祖之靈歸暀是孝孫而報之以福

信南山六章章六句

谷風之什十篇五十四章二百五十六句

毛詩卷第十三

毛詩卷第十四

甫田之什詁訓傳第二十一

毛詩小雅　鄭氏箋

甫田，刺幽王也。君子傷今而思古焉。刺者，刺其倉廩虛，政煩賦重，農人失職。

倬彼甫田，歲取十千。倬，明貌。甫田，謂天下田也。十千，言多也。箋云：甫之言丈夫也。明乎彼太古之時，丈夫稅田也。歲取十千，於井田之法，則一成之數也。九夫為井，井稅一夫，其田百畝。井十為通，通稅十夫，其田千畝。通十為成，成方十里，成稅百夫，其田萬畝。欲見其數，從井通起，故言十千。上地穀畝一鍾。我取其陳，食我農人，自古有年。尊者食新，農夫食陳。箋云：倉廩

有餘民得賖貰取食之所以紓官之蓄滯亦使民愛存新穀自古者豐年之法如此今適南畝
或耘或耔黍稷薿薿耘除草也耔雝本也箋云今者今成王之法也使農人之南畝治其禾稼功至力盡則薿薿然而茂盛於古言税法今言治田互辭攸介攸止烝我髦
士烝進髦俊也治田得穀俊士以進箋云介舍也禮使民鋤作耘耔閒暇則於廬舍及所止息之處以道藝相講肄以進其爲俊士之行
○以我齊明與我犧羊以社以方器實曰齊在器曰盛社后土也方迎四方神於郊也箋云以絜齊豐盛與我純毛之羊秋祭社與四方爲五穀成熟報其功也
我田既臧農夫之慶箋云臧善也我田事已善則慶賜農夫謂大蜡之時勞農夫以休息之也年不順成則八蜡不通
琴瑟擊鼓以御田祖以
祈甘雨以介我稷黍以穀我士女田祖先嗇也穀善也箋云御迎介助

恚一本作責

穀養也設樂以迎祭先嗇謂郊後始耕也以求甘雨佑助我黍稷當以養我士女也周禮曰凡國祈年于田祖吹豳雅擊土鼓以樂田畯○曾孫來止以其婦子饁彼南畝田畯至喜攘其左右嘗其旨否箋云曾孫謂成王也攘讀當為饟饁饋也田畯司嗇今之嗇夫也喜讀為饎饎酒食也成王來止謂出觀農事也親與后世子行使知稼穡之艱難也為農人之在南畝者設饋以勸之司嗇至則又加之以酒食饟其左右從行者成王親為嘗其饋之美否示親之也○禾易長畝終善且有易治也長畝謂竟畝也曾孫不怒農夫克敏○敏疾也箋云禾治而竟畝成王則無所恚怒謂此農夫能且敏也○曾孫之稼如茨如梁曾孫之庾如坻如京○茨積也梁車梁也京高丘也箋云稼禾也謂有藁者也茨屋蓋也古之稅法近者納總遠者納粟米庾露積穀也坻水中之高地也乃求

千斯倉乃求萬斯箱箋云成王見禾穀之稅委積之多於是求千倉以處之萬車以載之是言年豐收入踰前也黍稷稻粱農夫之慶報以介福萬壽無疆箋云慶賜也年豐則勞賜農夫益厚既有黍稷加以稻粱報者爲之求福助於八蜡之神萬壽無疆竟也

甫田四章章十句

大田刺幽王也言矜寡不能自存焉幽王之時政煩賦重而不務農事蟲災害穀風雨不時萬民飢饉矜寡無所取活故時臣思古以刺之

大田多稼既種既戒既備乃事種擇其種箋云大田謂地肥美可墾耕多爲稼可以授民者也將稼者必先相地之宜而擇其種季冬命民出五穀種計耦耕事脩耒耜具田器此

酒本脫種擇其種四字

之謂戒是既備矣至孟春土長冒橛陳根可拔而事之以我覃耜俶載南畝覃利
也箋云俶讀爲熾載讀爲菑栗之菑時至民以其利耜熾菑發所受之地趨農急也田一歲曰菑播
厥百穀既庭且碩曾孫是若庭直也箋云碩大若順也民既熾菑則種其衆
穀衆穀生盡條直茂大成王於是則止力役以順民事不奪其時○既方既皁既堅
既好不稂不莠實未堅者曰皁稂童粱也莠似苗也箋云方房也謂孚甲始生而未合時
也盡生房矣盡成實矣盡堅熟矣盡齊好矣而無稂莠擇種之善民力之專時氣之和所致之去其
螟螣及其蟊賊無害我田稺食心曰螟食葉曰螣食根曰蟊食節曰賊箋云
此四蟲者恒害我田中之稺禾故明君以正己而去之田祖有神秉畀炎火炎火
盛陽也箋云螟螣之屬盛陽氣嬴則生之今明君爲政田祖之神不受此害持之付與炎火使自消亡

○有渰萋萋興雲祁祁雨我公田遂及我私渰雲興貌萋萋雲行貌祁祁徐也箋云古者陰陽和風雨時其來祁祁然而不暴疾其民之心先公後私令天主雨於公田因及我私田爾此言民怙君德蒙其餘惠彼有不穫穉此有不歛穧彼有遺秉此有滯穗伊寡婦之利秉把也箋云成王之時百穀既多種同齊熟收刈促遽力皆不足而有不穫不歛遺秉滯穗故聽矜寡取之以爲利○曾孫來止以其婦子饁彼南畝田畯至喜箋云喜讀爲饎饎酒食也成王出觀農事饋食耕者以勸之也司嗇至則又加之以酒食勞倦之爾來方禋祀以其騂黑與其黍稷以享以祀以介景福騂赤牛也黑羊豕也箋云成王之來則又禋祀四方之神祈報焉陽祀用騂牲陰祀用黝牲

二

大田四章二章章八句二章章九句

瞻彼洛矣刺幽王也思古明王能爵命諸侯賞善罰惡焉

瞻彼洛矣維水泱泱興也洛宗周漑浸水也泱泱深廣皃箋云瞻視也我視彼洛水灌漑以時其澤浸潤以成嘉穀興者喻古明王恩澤加於天下爵命賞賜以成賢者君子至止福祿如茨箋云君子至止者謂來受爵命者也爵命爲福賞賜爲祿茨屋蓋也如屋蓋喻多也韎韐有奭以作六師韎韐者茅蒐染艸也一曰韎韐所以代韠也天子六軍箋云此諸侯世子也除三年之喪服士服而來未遇爵命之時時有征伐之事天子以其賢任軍將使代卿士將六軍而出韎韐者茅蒐染也茅蒐韎韐聲也韎韐祭服之韠合韋爲之其服爵弁服紂衣纁裳也

瞻彼洛矣維水泱泱君子至止鞞琫有珌鞞容刀鞞也琫上飾珌下飾也天子玉琫而珧珌諸侯璗琫而璆珌大夫鐐琫而鐐珌士珕琫而珕珌箋云此人世子之賢者也既受爵命賞賜而加賜容刀有飾顯其能制斷君子萬年保其家室箋云德如是則能長安其家室親家室親安之尤難安則無篡殺之禍也○瞻彼洛矣維水泱泱君子至止福祿既同箋云此人世子之能繼世位者也其爵命賞賜盡與其先君受命者同而已無所加也君子萬年保其家邦

瞻彼洛矣三章章六句

裳裳者華刺幽王也古之仕者世祿小人在位則讒諂並進棄賢者之類絕功臣之世焉古者古昔明王時也小人斥今

幽王也

裳裳者華，其葉湑兮。興也。裳裳猶堂堂也。湑，盛貌。箋云：興者，華堂堂於上，喻君也；葉湑湑然於下，喻臣也。明王賢臣以德相承，而治道興，則讒諂遠矣。我覯之子，我心寫兮。我心寫兮，是以有譽處兮。箋云：覯，見也。之子，是子也。謂古之明王也。言我得見古之明王，則我心所憂寫而去矣。我心所憂旣寫，是則君臣相與聲譽常處也。憂者，憂讒諂並進。○

裳裳者華，芸其黃矣。芸，黃盛也。箋云：華芸芸然而黃，興明王德之盛也。不言葉，微見無賢臣也。我覯之子，維其有章矣。維其有章矣，是以有慶矣。箋云：章，禮文也。言我得見古之明王，雖無賢臣，猶能使其政有禮文法度。政有禮文法度，是則我有慶賜之榮也。○

裳裳者華，或黃或白。箋云：華或有黃者，或有白者，興明王之德時有驗而不純我覯之子。乘其四駱。乘其四駱。六轡沃若。言世祿也箋云我得見明王德之驗者雖無慶譽猶能免於讒諂之害守我先人之祿位乘其四駱之馬六轡沃若然○左之左之。君子宜之。右之右之。君子有之。左陽道朝祀之事右陰道喪戎之事箋云君子斥其先人也多才多藝有禮於朝有功於國維其有之。是以似之。似嗣也箋云維我先人有是二德故先王使之世祿子孫嗣之今遇讒諂並進而見棄絕

裳裳者華四章章六句。

桑扈。刺幽王也。君臣上下。動無禮文焉。動無禮文者舉事而不用先王禮法威儀也

交交桑扈，有鶯其羽。○興也。鶯然有文章。箋云：交交猶佼佼，飛往來貌。桑扈，竊脂也。興者，竊脂飛而往來有文章，人觀視而愛之，喻君臣以禮法威儀升降於朝廷，則天下亦觀視而仰樂之。

君子樂胥，受天之祜。○胥，皆也。箋云：胥，有才知之名也。祜，福也。王者樂臣下有才知文章，則賢人在位，庶官不曠，政和而民安，天予之以福祿。

○交交桑扈，有鶯其領。○領，頸也。

君子樂胥，萬邦之屏。○屏，蔽也。箋云：王者之德，樂賢知在位，則能爲天下蔽捍四表患難矣。蔽捍之者，謂蠻夷率服，不侵畔。

○之屏之翰，百辟爲憲。○翰，幹。憲，法也。箋云：辟，君也。王者之德，外能蔽捍四表之患難，內能立功立事，爲之楨幹，則百辟卿士莫不脩職而法象之。

不戢不難，受福不那。○戢，聚也。不戢，戢也。不難，難也。那，多也。不多，多也。箋云：王者位至尊，天所予也，然而不自斂以先王之法，不自難以亾國之戒，則其受福祿亦不多也。

○兕觥

其觩旨酒思柔。箋云兕觵罰爵也古之王者與群臣
燕飲上下無失禮者其罰爵徒觩然
陳設而已其飲美酒思得柔順中
和與其樂言不憮敖自淫恣也彼交匪敖萬福來
求。箋云彼彼賢者也賢者居處恭執事敬與人交必
以禮則萬福之祿就而求之謂登用爵命加以慶
賜

桑扈四章章四句。

鴛鴦刺幽王也。思古明王交於萬物有道自奉養有
節焉。交於萬物有道謂順其
性取之以時不暴夭也
鴛鴦于飛畢之羅之。興也鴛鴦匹鳥太平之時交於
萬物有道取之以時於其飛乃
畢掩而羅之。箋云匹鳥言其止則相耦飛則爲雙性
馴耦也此交萬物之實也而言興者廣其義也獺祭

魚而後漁豺祭獸而後田此亦皆其將縱散時也君子萬年福祿宜之箋云君子謂明王也交於萬物其德如是則宜壽考受福祿也○鴛鴦在梁戢其左翼言休息也箋云梁石絕水之梁戢歛也鴛鴦休息於梁明王之時人不驚駭歛其左翼以右翼掩之自若無恐懼君子萬年宜其遐福箋云遐遠也遠猶久也○乘馬在廐摧之秣之摧莝也秣粟也箋云摧今莝字也古者明王所乘之馬繫於廐無事則委之以莝有事乃予之穀言愛國用也以興於其身亦猶然齊而後三舉設盛饌恒日則減為此之謂有節也君子萬年福祿艾之艾養也箋云明王愛國用自奉養之節如此故宜久為福祿所養○乘馬在廐秣之摧之君子萬年福祿綏之箋云綏安也

鴛鴦四章章四句

頍弁諸公刺幽王也暴戾無親不能宴樂同姓親睦九族孤危將亡故作是詩也戾虐也暴虐謂其政教如雨雪也

有頍者弁實維伊何興也頍弁皃弁皮弁也箋云實猶是也言幽王服是皮弁之冠是維何爲乎言其宜以宴而弗爲也禮天子諸侯朝服以宴天子皮弁以日視朝爾酒既旨爾殽既嘉箋云旨嘉皆美也女酒已美矣女殽已美矣何以不用與族人宴也言其知具其禮而弗爲也豈伊異人兄弟匪他箋云此言王所當與宴者豈有異人疏遠者乎皆兄弟與王無他言至親又刺其弗爲也蔦與女蘿施于松栢蔦寄生也女蘿菟絲松蘿也喻諸公非自有尊託王之尊箋云託王之尊者王明則榮王衰則微刺王不親九族孤特自恃不知己之將危亡也未見君子憂心奕奕既見君子庶幾說懌奕

然無所薄也箋云君子斥幽王也幽王久不與諸公
宴諸公未得見幽王之時懼其將危亡己無所依怙
故憂而心奕奕然故言我若已得見幽
王諫正之則庶幾其變改意解懌也○有頍者弁
實維何期箋云何期猶伊何也期辭也爾酒既旨爾殽既時時善也
豈伊異人兄弟具來箋云具猶皆也蔦與女蘿施于松上未
見君子憂心怲怲既見君子庶幾有臧怲怲憂盛滿也臧善也○
有頍者弁實維在首爾酒既旨爾殽既阜豈伊異人
兄弟甥舅箋云阜猶多也謂吾舅者吾謂之甥如彼雨雪先集維霰霰暴
雪也箋云將大雨雪始必微溫雪自上下遇溫氣而
摶謂之霰久而寒勝則大雪矣喻幽王之不親九族
亦有漸自微至甚如先霰後大雪死喪無日無幾相見樂酒今夕君

子維宴。箋云王政既衰我無所依怙死亡無有日數
能復幾何與王相見也且今夕喜樂此酒此
乃王之宴禮也刺幽
王將喪亡哀之也

頍弁三章章十二句。

車舝大夫刺幽王也褒姒嫉妒無道並進讒巧敗國
德澤不加於民周人思得賢女以配君子故作是詩
也。

間關車之舝兮思孌季女逝兮。興也間關設舝也孌
美貌季女有齊季女
也箋云逝往也大夫疾褒姒之為惡故嚴車設其舝
思得孌然美好之少女有齊莊之德者往迎之配幽
王代褒姒也既幼而美
又齊莊其當王意
匪飢匪渴德音來括。括會也
箋云時

讒巧敗國下民離散故大夫汲汲欲迎季女行道雖飢不飢雖渴不渴覲得之而來使我王更脩德教會合離散之人

雖無好友式燕且喜箋云式用也我得德音而來雖無同好之賢友我猶用是燕飲相慶且喜

○依彼平林有集維鷮辰彼碩女令德來教依茂木貌平林林木之在平地也鷮雉也辰時也箋云平林之木茂則耿介之鳥往集焉喻王若有茂美之德則其時賢女來配之與相訓告改脩德教

式燕且譽好爾無射箋云爾女女王也射厭也我於碩女來教則用是燕飲酒且稱王之聲譽我愛好王無有厭也

○雖無旨酒式飲庶幾雖無嘉殽式食庶幾雖無德與女式歌且舞箋云諸大夫覲得賢女以配王於是酒雖不美猶用之燕飲殽雖不美猶食之必皆庶幾於王之變改得輔佐之雖無其德我與女用是歌舞相樂喜之至也

○陟彼高岡析其

柞薪析其柞薪其葉湑兮箋云陟登也登高岡者必析其木以爲薪析其木以爲薪者爲其葉茂盛蔽岡之高也此喻賢女得在王后之位則必辟除嫉妬之女亦爲其蔽君之明鮮我覯爾我心寫兮箋云鮮善覯見也善乎我得見女行如是則我心中之憂除去也

○高山仰止景行行止四牡騑騑六轡如琴景大也箋云景明也諸大夫以爲賢女既進則王亦庶幾古人有高德者則慕仰之有明行者則而行之其御群臣使之有禮如御四馬騑騑然持其教令使之調均亦如六轡緩急有和也覯爾新昏以慰我心慰安也箋云我得見女之新昏如是則以慰除我心之憂也新昏謂季女也

車舝五章章六句

青蠅大夫刺幽王也

營營青蠅止于樊興也營營往來貌樊藩也箋云興者蠅之為蟲汙白使黑汙黑使白喻佞人變亂善惡也言止于藩欲外之令遠物也豈弟君子無信讒言箋云豈弟樂易也○營營青蠅止于棘讒人罔極交亂四國箋云極猶已也○營營青蠅止于榛榛所以為藩也讒人無極構我二人箋云構合也合猶交亂也

青蠅三章章四句

賓之初筵衛武公刺時也幽王荒廢媟近小人飲酒無度天下化之君臣上下沈湎淫液武公既入而作是詩也淫液者飲酒時情態也武公既入者入為王卿士

一本作酒調美

賓之初筵，左右秩秩。秩秩然肅敬也。箋云：筵，席也。左右，謂折旋揖讓也。秩秩，知也。先王將祭，必先射以擇士。大射之禮，賓初入門，登堂即席，其趨翔威儀甚審知，言不失禮也。射禮有三：有大射，有賓射，有燕射。籩豆有楚，殽核維旅。楚，列貌。殽，豆實也。核，加籩也。旅，陳也。箋云：豆實，葅醢也。籩實有桃梅之屬。凡非穀而食之曰殽。酒既和旨，飲酒孔偕。箋云：和旨，酒調美也。孔，甚也。偕，齊一也。王之酒已調美，衆賓之飲酒又威儀齊一，言主人敬其事而衆賓肅慎。鍾鼓既設，舉醻逸逸。逸逸，往來次序也。箋云：鍾鼓於是言既設者，將射改縣也。大侯既抗，弓矢斯張。大侯，君侯也。抗，舉也。有燕射之禮。箋云：舉者，舉鵠而棲之於侯也。周禮梓人張皮侯而棲鵠，天子諸侯之射皆張三侯，故君侯謂之大侯。大侯張而弓矢亦張，節也。將祭而射，謂之大射。下章言烝衎烈祖，其非祭與？射夫既同，獻爾發功。箋云：射夫，衆射者也。獻猶奏也既比衆耦乃誘射射者乃登堂射各奏其發矢中的之功**發彼有的以祈爾爵**的質祈求也箋云發發矢也射者與其耦拾發發矢之時各心競云我以此求女爵女爵射爵也射之禮勝者飲不勝者所以養病也故論語曰下而飲其爭也君子

○**籥舞笙鼓樂既和奏烝衎烈祖以洽百禮**秉籥而舞與笙鼓相應箋云籥管也殷人先求諸陽故祭祀先奏樂滌蕩其聲也烝進衎樂烈美洽合也言奏樂和必進樂其先祖於是又合見天下諸侯所獻之禮

百禮既至有壬有林壬大林君也箋云壬任也謂卿大夫也諸侯所獻之禮既陳於庭有卿大夫又有國君言天下徧至得萬國之歡心也**錫爾純嘏子孫其湛**嘏大也箋云純大也嘏謂尸與主人以福也湛樂也王受神之福於尸則王之子孫皆喜樂也**其湛曰樂各奏爾能賓載手仇室人入又**手取也室人主人也主人請射於賓

爾本以下無獻字

僊下舞明本作然

賓許諾自取其匹而射主人亦入于次又射以耦賓
也箋云子孫各奏爾能者謂既湛之後各酌獻尸尸
酢而卒爵也士之祭禮上嗣舉奠因而酌尸天子則
有子孫獻尸之禮文王世子曰其登餕獻受爵則以
上嗣是也仇讀曰𣫶室人有室中之事者謂
佐食也又復也賓手挹酒室人復酌爲加爵　酌彼康
爵以奏爾時　酒所以安體也時中者也箋云康虛也
時謂心所尊者也加爵之間賓與兄弟
交錯相醻卒爵者酌之以獻其
所尊亦交錯而已又無次序也　賓之初筵溫溫其
恭　箋云此復言初筵者既祭王與族人燕之筵　其未
也王與族人燕以異姓爲賓溫溫柔和也
醉止威儀反反曰既醉止威儀幡幡舍其坐遷屢舞
僊僊　反反言重愼也幡幡失威儀也遷徙屢數也僊
僊舞也箋云此言賓初即筵之時能自敕戒以
禮至於旅醻而小人之態出王既不得君子以爲其
賓又不得有恒之人所以敗亂天下率如此也

未醉止威儀抑抑曰既醉止威儀怭怭是曰既醉不知其秩抑抑慎密也怭怭媟嫚也秩常也○賓既醉止載號載呶亂我籩豆屢舞僛僛是曰既醉不知其郵側弁之俄屢舞傞傞號呶號呼讙呶也僛僛舞不能自正也傞傞不止也箋云郵過側傾也俄傾貌此更言賓既醉而異章者著爲無筭爵以後也既醉而出並受其福醉而不出是謂伐德飲酒孔嘉維其令儀箋云出猶去也孔甚令善也賓醉則出與主人俱有美譽醉至若此不出是誅伐其德也飲酒而誠得嘉賓則於禮有善威儀武公見王之失禮故以此言箴之○凡此飲酒或醉或否既立之監或佐之史彼醉不臧不醉反恥立酒之監佐酒之史箋云凡此者凡此時天下之人也飲酒於有醉

設下一本有法字

者有不醉者則立酒監使視之又助以史使督酒欲令皆醉也彼醉則已不善人所非惡反復取未醉者恥罰之言此者疾之也　式勿從謂無俾大怠匪言勿言匪由勿語【箋云】式讀曰慝勿猶無也俾使由從也武公見時人多說醉者之狀或以取怨致讎故爲設禁醉者有過惡女無就而謂之也當防護之無使顚仆至於怠慢也其所陳說非所當說無爲人說之也亦無從而行之也亦無以語人也皆爲其聞之將恚怒也　由醉之言俾出童羖　羖羊不童也【箋云】女從行醉者之言使女出無角之羖羊脅以無然之物使戒渫也羖羊之性牝牡有角　三爵不識矧敢多又　【箋云】矧況又復也當言我於此醉者飲三爵之後不知況能知其多復飲乎三爵者獻也酬也酢也

賓之初筵五章章十四句

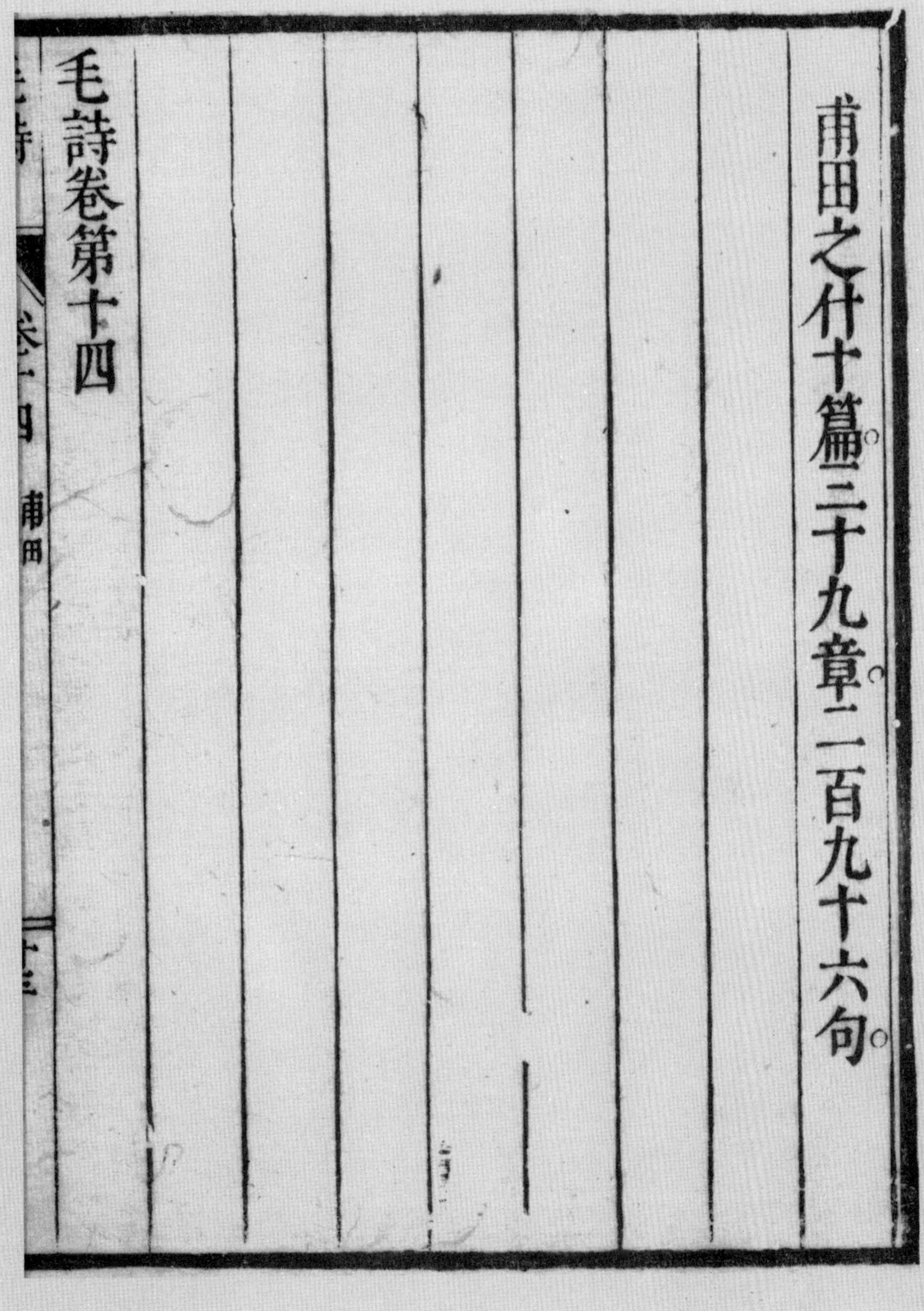

甫田之什十篇○三十九章○二百九十六句○

毛詩卷第十四

一本作首頒然

夭也

毛詩卷第十五

魚藻之什詁訓傳第二十二

毛詩小雅　　鄭氏箋

魚藻刺幽王也言萬物失其性王居鎬京將不能以自樂故君子思古之武王焉萬物失其性者王政衰陰陽不和群生不得其所也將不能以自樂言必自是有危亡之禍

魚在在藻有頒其首頒大首貌魚以依蒲藻爲得其性箋云藻水草也魚之依水草猶人之依明王也明王之時魚何所處乎處於藻既得其性則肥充其首頒然此時人物皆得其所正言魚者以潛逃之類信其著見王在在鎬豈樂飲酒箋云豈亦樂也天下平安萬物得其

那奴何切

性武王何所處乎處於鎬樂八音之樂與羣臣飲酒
而已今幽王惑於褒姒萬物失其性方有危亾之禍
而亦豈樂飲酒於鎬京
而無憂心故以此刺焉○魚在在藻有莘其尾莘長貌
王在在鎬飲酒樂豈○魚在在藻依于其蒲王在在
鎬有那其居箋云那安貌天下平安無四
方之虞故其居處那然安也

魚藻三章章四句

采菽刺幽王也侮慢諸侯諸侯來朝不能錫命以禮
數徵會之而無信義君子見微而思古焉幽王徵會諸侯爲合
義兵征討有罪既往而無之是於義事不信也
君子見其如此知其後必見攻伐將無救也
采菽采菽筐之筥之興也菽所以芼大牢而待君子羊則以苦豕則以薇箋云菽

鷩必列切
芹渠巾切

單疏明本誤作生蒭

大豆也采之者采其葉以爲藿三牲牛羊豕芼以藿王饗賓客有牛俎乃用鉶羹故使采之君子來朝何錫予之雖無予之路車乘馬君子謂諸侯也箋云賜諸侯以車馬言雖無予之尚以爲薄又何予之玄袞及黼玄袞卷龍也白與黑謂之黼箋云及與也玄袞玄衣而畫以卷龍也黼黻絺衣也諸公之服自袞冕而下侯伯自鷩冕而下子男自毳冕而下王之賜維用有文章者○觱沸檻泉言采其芹觱沸泉出貌檻泉正出也箋云言我也芹菜也可以爲菹亦所以待君子也我使采其水中芹者尚絜清也周禮芹菹鴈醢君子來朝言觀其旂其旂淠淠鸞聲嘒嘒載驂載駟君子所届淠淠動也嘒嘒中節也箋云届極也諸侯來朝王使人迎之因觀其衣服車乘之威儀所以爲敬且省禍福也諸侯將朝于王則驂乘乘駟馬而往此之服飾君子法制之極也言其尊而王

詩

今不尊也○赤芾在股邪幅在下彼交匪紓天子所予諸侯

赤芾邪幅幅偪也所以自偪束也紓緩也箋云芾大古蔽膝之象也冕服謂之芾其他服謂之韠以韋爲之其制上廣一尺下廣二尺長三尺其頸五寸肩革帶博二寸脛本曰股邪幅如今行縢也偪束其脛自足至膝故曰在下彼與人交接自偪束如此則非有解怠紓緩之心天子以是故賜予之也樂只

君子天子命之樂只君子福祿申之申重也箋云只之言是也古者

天子賜諸侯以禮樂樂之乃後命予之也天子賜之神則以福祿申重之所謂人謀鬼謀也刺今王不然

○維柞之枝其葉蓬蓬蓬蓬盛貌箋云此興也柞之幹猶先祖也枝猶子孫也其

葉蓬蓬喻賢才也正以柞爲興者柞之葉新將生故乃落於地以喻繼世以德相承者明也樂只

君子殿天子之邦樂只君子萬福攸同殿鎮也平平左

膍音皮厚之

右亦是率從。平平辨治也。箋云：率，循也。諸侯之有賢才之德，能辨治其連屬之國，使得其所，則連屬之國亦循順之。

○汎汎楊舟，紼纚維之。紼，繂也。纚，緌也。明王能維持諸侯也。箋云：楊木之舟，浮於水上，汎汎然東西無所定，舟人以紼繫其緌以制行之，猶諸侯之治民，御之以禮法。

樂只君子，天子葵之。樂只君子，福祿膍之。葵，揆也。膍，厚也。

優哉游哉，亦是戾矣。戾，至也。箋云：戾，止也。諸侯有盛德者，亦優游自安，止於是，言思不出其位。

采菽五章，章八句。

角弓，父兄刺幽王也。不親九族而好讒佞，骨肉相怨，故作是詩也。

裕羊遇切

和一本作利

騂騂角弓翩其反矣興也騂騂調和也不善紲檠巧用則翩然而反箋云興者喻王與九族不以恩禮御待之則使之多怨也兄弟昏姻無胥遠矣箋云胥相也骨肉之親當相親無相疏遠相疏遠則以親親之望易以成怨○爾之遠矣民胥然矣爾之教矣民胥傚矣箋云爾女女幽王也胥皆也言王女不親骨肉則天下之人皆如之女之教令無善無惡所尚者天下之人皆學之言上之化下不可不慎○此令兄弟綽綽有裕不令兄弟交相爲瘉綽綽寬也裕饒瘉病也箋云令善也○民之無良相怨一方箋云良善也民之意不獲當反責之於身思彼所以然者而恕之無善心之人則徒居一處怨恚之受爵不讓至于己斯亡爵祿不以相讓故怨禍及之比周而黨愈少鄙爭而名愈辱求安而身愈危箋云斯此也○老馬反爲駒不

猱奴刀切

顧其後老矣而孩童慢之箋云此喻幽王見老人反侮慢之遇之如幼稚不自顧念後至年老人之遇己亦將然如食宜饇如酌孔取饇飽也箋云王如食老者則宜令之飽如飲老者則當孔取孔取謂度其所勝多少凡器之孔其量大小不同老者氣力弱故取義焉王有族食族燕之禮○毋教猱升木如塗塗附猱猨屬塗泥附著也箋云毋禁辭猱之性善登木若教使其爲之必也附木桴也塗之性善著不若以塗附其著亦必也以喻人之心皆有仁義教之則進○君子有徽猷小人與屬徽美也箋云猷道也君子有美道以得聲譽則小人亦樂與之而自連屬焉今無良之人相怨王不教之耳○雨雪瀌瀌見晛曰消晛日氣也箋云雨雪之盛瀌瀌然至日將出其氣始見人則皆稱曰雪今消釋矣喻小人雖多王若欲興善政則天下聞之莫不曰小人今誅滅矣其所以然者人心皆樂善王不啓教之莫肯下

歛音酣欲之

毛詩　卷十五

遺式居婁驕箋云莫無也遺讀曰隨式用也婁歛也今王不以善政啓小人之心則無肯謙虛以禮相畀下先人而後己用此自居處歛其驕慢之過者○雨雪浮浮見晛曰流浮浮猶瀌瀌也流流而去也如蠻如髦我是用憂蠻南蠻也髦夷髦也箋云今小人之行如夷狄而王不能變化之我用是爲大憂也髦西夷別名武王伐紂其等有八國從焉

角弓八章章四句

菀柳刺幽王也暴虐無親而刑罰不中諸侯皆不欲朝言王者之不可朝事也

有菀者柳不尚息焉興也菀茂木也箋云尚庶幾也有菀然枝葉茂盛之柳行路之人豈有不庶幾欲就之止息乎興者喻王有盛德則天下皆庶幾願往朝焉憂今不然上帝甚

蹈無自暱焉。蹈，動。暱，近也。箋云：蹈讀曰悼。上帝乎者，愬之也。今幽王暴虐，不可以朝事，甚使人心中悼病，是以不從而近之。釋己所以不朝之意。俾予靖之，後予極焉。靖，治。極，至也。箋云：靖，謀。俾，使。極，誅也。假使我朝王，王留我，使我謀政事，王信讒，不察功考績，後反誅放我。是言王刑罰不中，不可朝事也。○有菀者柳，不尚愒焉。愒，息。上帝甚蹈，無自瘵焉。瘵，疾也。箋云：瘵，接也。俾予靖之，後予邁焉。箋云：邁，行也。行亦放也。春秋傳曰：予將行也。○有鳥高飛，亦傅于天。彼人之心，于何其臻。箋云：傅、臻，皆至也。彼人，斥幽王也。鳥之高飛，極至於天耳。幽王之心，於何所至乎。言其轉側無常，人不知其所屆。曷予靖之，居以凶矜。曷，何。矜，危也。箋云：王何為使我謀之，隨而罪我，居我以凶危之地，謂四裔也。

菀柳三章章六句

都人士周人刺衣服無常也古者長民衣服不貳從容有常以齊其民則民德歸壹傷今不復見古人也服謂冠弁衣裳也古者明王時也長民謂凡在民上倡率者也變易無常謂之貳從容謂休燕也休燕猶有常則朝夕明矣壹者專也同也

彼都人士狐裘黃黃其容不改出言有章彼彼明王也箋云城郭之域曰都古明王時都人之有士行者冬則衣狐裘黃黃然取溫裕而已其動作容貌既有常吐口言語又有法度文章疾今奢淫不自責以過差行歸于周萬民所望周忠信也箋云于於也都人之士所行要歸於忠信其餘萬民寡識者咸瞻望而法傚之又疾今不然○彼都

厲音例
裂音列

人士臺笠緇撮。臺所以禦暑、笠所以禦雨也。緇撮、緇布冠也。箋云、臺夫須也。都人之士、以臺皮爲笠、緇布爲冠、明王之時、儉且節也。彼君子女綢直如髮。密直如髮也。箋云、彼君子女者、謂都人之家女也。其情性密緻、操行正直、如髮之本末無隆殺也。我不見兮、我心不說。箋云、疾時皆奢淫、我不復見今士女之然者、心思之而憂也。○彼都人士充耳琇實。琇、美石也。箋云、言以美石爲瑱。瑱、塞耳。彼君子女謂之尹吉。尹、正也。箋云、吉讀爲姞。尹氏、姞氏、周室昬姻之舊姓也。人見都人之家女、咸謂之尹氏姞氏之女、言有禮法。我不見兮、我心苑結。箋云、苑猶屈也、積也。○彼都人士垂帶而厲。彼君子女卷髮如蠆。厲、帶之垂者。箋云、而亦如也。而厲、如鞶厲也。鞶必垂厲以爲飾。厲字當作裂。蠆、螫蟲也。尾末捷然、似婦人髮末曲上卷然者。我不見兮、言從

之邁。箋云言亦我也邁行也我今不見士女此飾心思之欲從之行言已憂悶欲自殺求從古人

○匪伊垂之。帶則有餘。匪伊卷之。髮則有旟。旟揚也箋云伊辭也此言士非故垂此帶也帶於禮自當有餘也女非故卷此髮也髮於禮自當有旟也旟枝旟揚起也

我不見兮。云何盱矣。箋云盱病也思之甚云何乎我今已病也

都人士五章章六句。

采綠刺怨曠也。幽王之時多怨曠者也。怨曠者君子行役過時之所由也而刺之也譏其不但憂思而已欲從君子於外非禮也

終朝采綠。不盈一匊。興也自旦及食時爲終朝兩手曰匊箋云綠王芻也易得之菜也終朝采之而不滿手怨曠之深憂思不專於事

予髮曲局。薄言歸沐。局卷也婦

繳繩諸本作繩繳

人夫不在則不飾。箋云言我也禮婦人在夫家笄象笄今曲卷其髮憂思之甚也有云君子將歸者我則沐以待之

○終朝采藍不盈一襜。襜衣蔽前謂之襜箋云藍染艸也五日爲期六日不詹。詹至也婦人五日一御箋云婦人過於時乃怨曠五日六日者五月之日六月之日也期至五月而歸今六月猶不至是以憂思

○之子于狩言韔其弓之子于釣言綸之繩。箋云之子是子也謂其君子也于往也綸釣繳也君子往狩與我當從之爲之韔弓往釣與我當從之爲之繳繩今怨曠自恨初行時不然

○其釣維何維魴及鱮維魴及鱮薄言觀者。箋云觀多也此美其君子之有技藝也釣必得魴鱮魴鱮是云其多者耳其衆多雜魚乃衆矣

采綠四章章四句

黍苗刺幽王也不能膏潤天下卿士不能行召伯之職焉陳宣王之德召伯之功以刺幽王及其羣臣廢此恩澤事業也

芃芃黍苗陰雨膏之興也芃芃長大貌箋云興者喩天下之民如黍苗然宣王能以恩澤養育之亦如天之有陰雨之潤悠悠南行召伯勞之悠悠行貌箋云宣王之時使召伯營謝邑以定申伯之國將徒役南行衆多悠悠然召伯則能勞來勸說以先之○我任我輦我車我牛我行既集蓋云歸哉任者輦者車者牛者箋云集猶成也蓋猶皆也營謝轉餫之役有負任者有輓輦者有將車者有牽傍牛者其所爲南行之事既成召伯則皆告之云可歸哉刺今王使民行役曾無休止時○我徒我御我師我旅我行既集蓋云歸處徒行者御車者師者旅者箋云步行曰徒召伯營謝以兵衆行其士

卒有步行者有御兵車者五百人爲旅五旅爲○肅
師春秋傳曰諸侯之制君行師從卿行旅從

肅謝功召伯營之烈烈征師召伯成之謝邑也箋云肅肅嚴正之
貌營治也烈烈威武貌征行也美召伯治謝邑則使之嚴正將師旅行則有威武也○原隰既

平泉流既清召伯有成王心則寧土治曰平水治曰清箋云召伯營謝
邑相其原隰之宜通其水泉之利此功既成宜王之心則安也又刺今王臣無成功而亦心安

黍苗五章章四句

隰桑刺幽王也小人在位君子在野思見君子盡心以事之

隰桑有阿其葉有難興也阿然美貌難然盛貌有以利人也箋云隰中之桑枝條阿

沃鬱縛切
幽於九切

阿然長美其葉又茂盛可以庇廕人興者喻時賢人君子不用而野處有覆養之德也正以隰桑興者反求此義則原上之桑枝葉不能然以刺時小人在位無德於民既見君子其樂如何箋云思在野之君子而得見其在位喜樂無度○隰桑有阿其葉有沃沃柔也既見君子云何不樂○隰桑有阿其葉有幽幽黑色也既見君子德音孔膠膠固也箋云君子在位民附仰之其教令之行甚堅固也○心乎愛矣遐不謂矣中心藏之何日忘之箋云遐遠謂勤藏善也我心愛此君子君子雖遠在野豈能不勤思之乎宜思之也我心善此君子又誠不能忘也孔子曰愛之能勿勞乎忠焉能勿誨乎

隰桑四章章四句

漚於候切

白華周人刺幽后也幽王取申女以爲后又得褒姒而黜申后故下國化之以妾爲妻以孽代宗而王弗能治周人爲之作是詩也申姜姓之國也褒姒褒人所入之女姒其字也是謂幽后孽支庶也宗適子也王不能治己不正故也

白華菅兮白茅束兮興也白華野菅也已漚爲菅箋云人刈白華於野已漚名之爲菅菅柔忍中用矣而更取白茅收束之茅比於白華爲脆興者喻王取后於申申后禮儀備任妃后之事而更納褒姒褒姒爲孽將至滅國之子之遠俾我獨兮箋云之子斥幽王也俾使也王之遠外我不復答耦我意欲使我獨也老而無子曰獨後褒姒譖申后之子宜咎宜咎奔申○

英英白雲露彼菅茅英英白雲貌露亦有雲言天地氣無微不著無不覆養箋云

漦音時

白雲下露養彼可以爲菅之茅使與白華之菅 天步
可相亂易猶天下妖氣生褒姒使申后見黜
艱難之子不猶○步行猶可也箋云猶圖也天行此艱
難之妖久矣王不圖其變之所由爾
昔夏之衰有二龍之妖卜藏其漦周厲王發而觀之
化爲玄黿童女遇之當宣王時而生女懼而棄之後
褒人有獄而入之幽王
幽王嬖之是謂褒姒○滮池北流浸彼稻田○滮流貌箋
云池水之澤浸潤稻田使之生殖喻王無恩意 嘯歌
於申后滮池之不如也豐鎬之間水皆北流
傷懷念彼碩人○箋云碩大也妖大之人謂褒姒也申
后見黜褒姒之所爲故憂傷而念之
○樵彼桑薪卬烘于煁○卬我烘燎也煁烓竈也桑薪
宜以養人者也箋云人之樵
取彼桑薪宜以炊饔餼之爨以養食人桑薪薪之善
者也我反以燎於烓竈用炤事物而已喻王始以禮
取申后申后禮儀備今反黜
之使爲卑賤之事亦猶是 維彼碩人實勞我心○

鼓鍾于宮。聲聞于外。有諸宮中、必形見於外。箋云王失禮於內、而下國聞知而化之。王弗能治、如鳴鼓鍾於宮中、而欲外人不聞、亦不可止。念子懆懆。視我邁邁。邁邁不說也。箋云此言申后之忠於王也。念之懆懆然、欲諫正之、王反不說於其所言。○有鶖在梁。有鶴在林。鶖禿鶖也。箋云鶖也鶴也、皆以魚爲美食者也。鶖之性貪惡、而今在梁、鶴性潔白、而反在林、興王養褒姒、而餒申后、近惡而遠善。維彼碩人。實勞我心。○鴛鴦在梁。戢其左翼。箋云戢斂也、斂左翼者、謂右掩左也。鳥之雌雄不別者、以翼知之、右掩左雄、左掩右雌、陰陽相下之義也、夫婦之道亦以禮義相下、以成室家。之子無良。二三其德。箋云良善也。王無答耦己之善意、而變移其心志、令我怨曠。○有扁斯石。履之卑兮。扁扁乘石、貌王乘車履石。箋云王后出入之禮與王同、其行登車、亦履石。申后始時亦然

今也見黜而畀賤之子之遠俾我疷兮疷病也箋云王之遠外我欲使我困病

白華八章章四句

緜蠻微臣刺亂也大臣不用仁心遺忘微賤不肯飲食教載之故作是詩也微臣謂士也古者卿大夫行出士爲末介士之祿薄或困乏於資財則當賙贍之幽王之時國亂禮廢恩薄大不念小尊不恤賤故本其亂而刺之

緜蠻黃鳥止于丘阿興也緜蠻小鳥皃丘阿曲阿也鳥止於阿人止於仁箋云止謂飛行所止託也興者小鳥知止於丘之曲阿靜安之處而託息焉喻小臣擇卿大夫有仁厚之德者而依屬焉道之云遠我勞如何飲之食之教之誨之命彼後車謂之載之箋云在國依屬於卿大夫之仁者至於爲末介從而行道路遠矣我罷勞則卿

大夫之恩宜如何乎渴則予之飲飢則予之食事未至則豫敎之臨事則誨之車敗則命後車載之後車倅車也

○緜蠻黃鳥止于丘隅箋云丘隅丘角也豈敢憚行畏不能趨箋云憚難也我罷勞事又敗豈敢難徒行乎畏不能及時疾至也飲之食之敎之誨之命彼後車謂之載之

○緜蠻黃鳥止于丘側箋云丘側丘旁也豈敢憚行畏不能極箋云極至也飲之食之敎之誨之命彼後車謂之載之

緜蠻三章章八句

瓠葉大夫刺幽王也上棄禮而不能行雖有牲牢饔餼不肯用也故思古之人不以微薄廢禮焉牛羊豕為牲繫

飲酒明本作飲食

養者曰牢熟曰饔腥曰餼生曰牽不肯用者自養厚而薄於賓客

幡幡瓠葉采之亨之君子有酒酌言嘗之幡幡瓠葉貌庶人之菜也箋云亨熟也熟瓠葉者以爲飲酒之菹也此君子謂庶人之有賢行者也其農功畢乃爲酒漿以合朋友習禮講道藝也酒既成先與父兄室人亨瓠葉而飲之所以急和親親也飲酒而曰嘗者以其爲之主於賓客賓客則加之以羞易兌象曰君子以朋友講習〇有兔斯首炮之燔之

君子有酒酌言獻之〇毛曰炮加火曰燔獻奏也箋云斯白也今俗語斯白之字作鮮齊魯之間聲相近斯有兔白首者兔之小者也炮之燔之者將以爲飲酒之羞也飲酒之禮既奏酒於賓乃薦羞每酌言言者禮不下庶人庶人依士禮立賓主爲酌名〇有兔斯首燔之炙

之君子有酒酌言酢之炕火曰炙酢報也箋云報者賓既卒爵洗而酌主人也凡

一本之宜閒有孫字

治兎之宜鮮者毛炮之柔者炙之乾者燔之○有兎斯首燔之炮之。君子有酒酌言醻之。醻道飲也箋云上人既卒酢爵又酌自飲卒爵復酌進賓猶今俗之勸酒

瓠葉四章章四句

漸漸之石下國刺幽王也戎狄叛之荊舒不至乃命將率東征役久病於外故作是詩也荊謂楚也舒舒鳩舒鄝舒庸之屬役謂士卒也

漸漸之石。維其高矣。山川悠遠。維其勞矣。漸漸山石高峻箋云山石漸漸然高峻不可登而上喻戎狄衆彊而無禮義不可得而伐也山川者荊舒之國所處也其道里長遠邦域又勞勞廣闊言不可卒服武人東征不皇朝矣箋云武人謂將率也皇王

也將率受王命東行而征伐役人罷病必不能正荊舒使之朝於王○漸漸之石○維其

卒矣○山川悠遠○曷其沒矣○卒竟沒盡也箋云卒者崔嵬也謂山巔之末也曷何

也廣闊之處何時其可盡服武人東征○不皇出矣○箋云不能正之命出使聘問於

王○有豕白蹢○烝涉波矣○豕豬也蹢蹄也將久雨則豕進渡波水箋云烝衆也

豕之性能水又唐突難禁制四蹄皆白曰駭則白蹄其尤躁疾者今離其繒牧之處與衆豕涉入水之波

漣矣喻荊舒之人勇悍捷敏其君猶白蹄之豕也乃率其民臣去禮義之安而居亂亡之危賤之故比方

於豕云○月離于畢○俾滂沱矣○畢噣也月離陰星則雨箋云將有大雨微氣先見於

天以言荊舒之叛萌漸亦由王出也豕既涉波今又雨使之滂沱疾王甚也武人東征○不

皇他矣箋云不能正之令其守職不干王命

漸漸之石三章章六句

苕之華大夫閔時也幽王之時西戎東夷交侵中國師旅並起因之以饑饉君子閔周室之將亡傷己逢之故作是詩也師旅並起者諸侯或出師或出旅以助王距戎與夷也大夫將師出見戎夷之侵周而閔之亡今當其難自傷近危亡

苕之華芸其黃矣興也苕陵苕也將落則黃箋云陵苕之華紫赤而繁興者陵苕之幹喻如京師也其華猶諸夏也故或謂諸夏爲諸華華衰則黃猶諸侯之師旅罷病將敗敗則京師孤弱心之憂矣維其傷矣箋云傷者謂國日見侵削○苕之華其葉青青華落葉青青然箋云京師以諸夏爲鄣蔽今陵苕之華衰而葉見青青然喻諸侯微而王之臣當出

見也知我如此不如無生箋云我我王也知王之為政如此則己之生不如不生也

自傷逢今世之難憂悶之甚○牂羊墳首三星在罶牂羊牝羊也墳大也罶曲

梁也寡婦之笱也牂羊墳首言無是道也三星在罶言不可久也箋云無是道者喻周已衰求其復興不

可得也言不可久者喻周將亡如心星之光耀見於魚笱之中其去須臾也人可以食鮮

可以飽治日少而亂日多箋云今者士卒人人於晏早皆可以食矣時饑饉軍興糧亦乏少無可

以飽之者

苕之華三章章四句

何艸不黃下國刺幽王也四夷交侵中國背叛用兵

不息視民如禽獸君子憂之故作是詩也

之間一本作下國

何艸不黃。何日不行。箋云用兵不息軍旅自歲始艸生而出至歲晚矣何艸而不黃乎言艸皆黃也於是之間將率何日不行乎言常行勞苦之甚何人不將。經營四方。言萬民無不從役○何艸不玄。何人不矜。箋云玄赤黑色始春之時艸牙孽者將生必玄於此時也兵猶復行老無妻曰矜從役者皆過時不得歸故謂之矜哀我征夫。獨為匪民。箋云征夫從役者也古者師出不踰時所以厚民之性也今則艸玄至於黃黃至於玄此豈非民乎○匪兕匪虎。率彼曠野。箋云兕虎野獸也曠空也哀兕虎比戰士也我征夫。朝夕不暇。○有芃者狐。率彼幽艸。有棧之車。行彼周道。芃小獸貌棧車役車也箋云狐艸行艸止故以比棧車輦車

何艸不黃四章章四句。

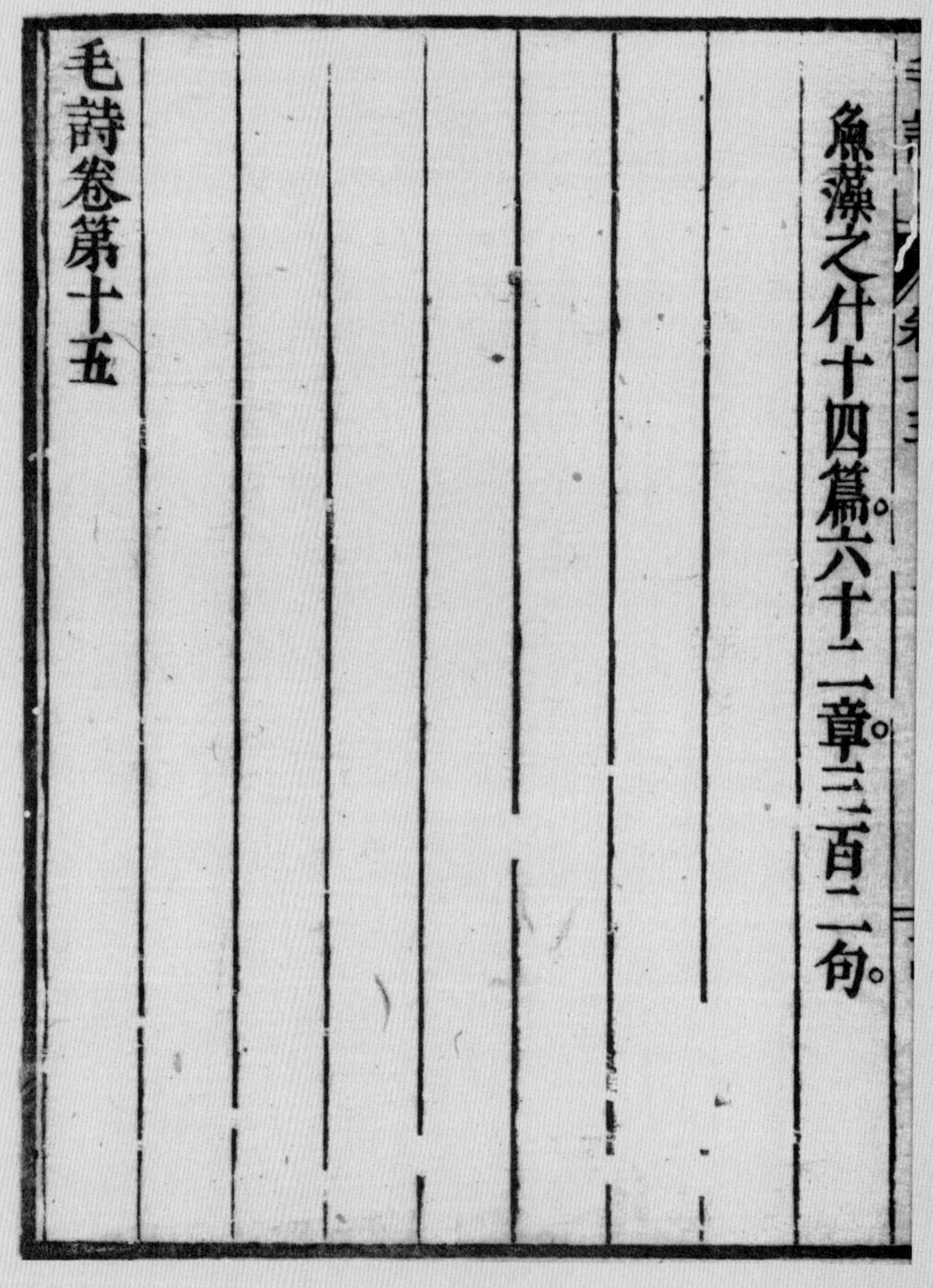

魚藻之什十四篇。六十二章。三百二一句。

毛詩卷第十五

毛詩鄭箋

五

迹下一本有始字

毛詩卷第十六

文王之什詁訓傳第二十三

毛詩大雅　　鄭氏箋

文王，文王受命作周也。受命，受天命而王天下，制立周邦。

文王在上，於昭于天。在上，在民上也。於，歎辭。昭，見也。箋云：文王初爲西伯，有功於民，其德著見於天，故天命之以爲王，使君天下也。崩謚曰文。周雖舊邦，其命維新。乃新在文王也。箋云：大王聿來胥宇，而國於周，王迹起矣，而未有天命，至文王而受命。言新者，美之也。有周不顯，帝命不時。有周，周也。不顯，顯也。顯，光也。不時，時也。時，是也。箋云：周之德不光明乎？言光明矣。天命之不是乎？又是矣。文王陟降，在帝左右。言文王升接天下，接人也。

任者明本誤作也者

家一本作之

箋云在察也文王能觀知天意順其所爲從而行之○亹亹文王令聞不已陳
錫哉周侯文王孫子文王孫子本支百世亹亹勉也哉載侯維
也本本宗也支支子也箋云令善哉始侯君也勉勉乎不倦文王之勤用明德也其善聲聞日見稱歌無
止時也乃由能敷恩惠之施以受天命造始周國故天下君其子孫適爲天子庶爲諸侯皆百世○凡
周之士不顯亦世不世顯德乎仕者世祿也箋云周之士謂其臣有光明之德者亦得
世世在位重其功也○世之不顯厥猶翼翼思皇多士生此王
國王國克生維周之楨翼翼恭敬也思辭也皇天楨幹也箋云猶謀思願也周之
臣既世世光明其爲君之謀事忠敬翼翼然又願天多生賢人於此邦此邦能生之則是我周家幹事之
臣濟濟多士文王以寧濟濟多威儀也○穆穆文王於緝熙

祼音貫

敬止假哉天命有商孫子穆穆美也緝熙光明也假固也箋云穆穆乎文王有天子之容於美乎又能敬其光明之德堅固哉天爲此命之使臣有殷之子孫商之孫子其麗不億上帝既命侯于周服麗數也盛德不可爲衆也箋云于於也商之孫子其數不徒億多言之也至天已命文王之後乃爲君於周之九服之中言衆之不如德也○侯服于周天命靡常則見天命之無常也箋云無常者善則就之惡則去之殷士膚敏祼將于京厥作祼將常服黼冔殷士殷侯也膚美敏疾也祼灌鬯也周人尚臭將行京大也黼白與黑也冔殷冠也夏后氏曰收殷曰冔周曰冕箋云殷之臣壯美而敏來助周祭其助祭自服殷之服明文王以德不以彊王之藎臣無念爾祖藎進也無念念也箋云今王之進用臣當念女先祖所爲之法王斥成王○無念爾祖聿脩

厥德。永言配命，自求多福。聿述永長言我也我長配天命而行爾庶國亦當自求多福箋云長猶常也王既述脩祖德常言當配天命而行則福祿自來

殷之未喪師，克配上帝。帝乙已上也箋云師衆也殷自紂父之前未喪天下之時皆能配天而行故不亡也

宜鑒于殷，駿命不易。駿大也箋云宜以殷王賢愚為鏡天之大命不可改易

○命之不易，無遏爾躬。宣昭義問，有虞殷自天。遏止也義善虞度也箋云宣偏有又也天之大命已不可改易矣當使子孫長行之無終女身則止偏明以禮義問老成人又度殷所以順天之事而施行之

上天之載，無聲無臭。儀刑文王，萬邦作孚。載事刑法孚信也箋云天之道難知也耳不聞聲音鼻不聞香臭儀法文王之事則天下咸信而順之

文王七章章八句

大明文王有明德故天復命武王也二聖相承其明德日以廣大故曰大明

明明在下赫赫在上明明察也文王之德明明於下故赫赫然著見於天箋云明明者文王武王施明德于天下其徵應炤晳見於天謂三辰有效驗天難忱斯不易維王天位殷適使不挾四方忱信也紂居天位而殷之正適也挾達也箋云天之意難信矣不可改易者天子也今紂居天位而又殷之正適以其爲惡乃棄絶之使教令不行於四方四方共叛之是天命無常維德是予耳言此者厚美周也○摯仲氏任自彼殷商來嫁于周曰嬪于京乃及王季維德之行摯國任姓仲中女也

嬪婦京大也王季大王之子文王之父也箋云京周國之地小別名也及與也摯國中女曰大任從殷商之畿內嫁爲婦於周之京配王季而與之共行仁義之德同志意也○大任有身生此文王大任仲任也身重也箋云重謂懷孕也維此文王小心翼翼昭事上帝聿懷多福厥德不回以受方國回違也箋云小心翼翼恭愼貌昭明聿述懷思也方國四方來附者此言文王之有德亦由父母也○天監在下有命既集文王初載天作之合在洽之陽在渭之涘集就載識合配也洽水也渭水也涘涯也箋云天監視善惡於下其命將有所依就則豫福助之於文王生適有識則爲之生賢妃於氣勢之處使必有賢才謂生大姒○文王嘉止大邦有子嘉美也箋云文王聞大姒之賢則美之曰大邦有子女可以爲妃乃求昏大邦有子俔天之

妹俔磬也箋云既使問名還則卜之人知大姒之賢尊之如天之有女弟文定厥祥言大姒之有文德也祥善也箋云問名之後卜而得吉則文王以禮定其吉祥謂使之納幣親迎于渭言賢聖之相配也箋云賢女配聖人得其宜故備禮也造舟爲梁不顯其光言受命之宜王基乃始於是也天子造舟諸侯維舟大夫方舟士特舟造舟然後可以顯其光輝箋云迎大姒而更爲梁者欲其昭著示後世敬昏禮也不明乎其禮之有光輝美之也天子造舟周制也殷時未有等制○有命自天命此文王于周于京纘女維莘長子維行纘繼也莘大姒國也長子長女也能行大任之德焉箋云天爲將命文王君天下於周京之地故亦爲作合使繼大任之女事於莘國莘國之長女大姒則配文王維德之行篤生武王保右命爾燮伐大商篤厚右助燮和也箋云天降氣于大姒厚生聖子武王安而助

協音脅

之又遂命之爾使協和伐殷之事協和伐殷之事謂合位三五也○殷商之旅其會

如林矢于牧野維予侯興旅衆也如林言衆而不爲用也矢陳興起也言天下之望周也箋云殷盛合其兵衆陳於商郊之牧野而天乃予諸侯有德者當起爲天子言天去紂周師勝也

上帝臨女無貳爾心言無敢懷貳心也箋云臨視也女女武王也天護視女伐紂必克無有疑心○牧野洋洋檀車煌煌駟騵彭彭洋洋廣也煌煌明也騵馬白腹曰騵言上周下殷也箋云言其戰地寛廣明時不用權詐也兵車鮮明馬又彊則閑暇且整

維師尚父時維鷹揚涼彼武王師大師也尚父可尚可父鷹揚如鷹之飛揚也涼佐也箋云尚父呂望也尊稱焉鷹鷙鳥也佐武王者爲之上將肆伐大商會朝清明肆疾也會甲也不崇朝而天下清明箋云肆故今也會合也以天期已至兵甲之彊師率

瓝音薄

一本作沮漆皆水也

之武故今伐殷合兵以清明尚書牧誓曰時甲子昧爽武王朝至于商郊牧野乃誓

大明八章四章章六句四章章八句

緜文王之興本由大王也

緜緜瓜瓞民之初生自土沮漆興也緜緜不絕貌瓜紹也瓞瓝也民周民也自用土居也沮水漆水也箋云瓜之本實繼先歲之瓜必小狀似瓝故謂之瓞緜緜然若將無長大時興者喻后稷乃帝嚳之胄封於郃其後公劉失職遷于豳居沮漆之地歷世亦緜緜然至大王而德益盛得其民心而生王業故本周之興云於沮漆也古公亶父陶復陶穴未有家室古公豳公也古言久也亶父字或殷以名言質也古公處豳狄人侵之事之以皮幣不得免焉事之以犬馬不得免焉事之以珠玉不得免焉乃屬其耆老而告之曰狄人之所欲吾土地吾聞之君子不以

王一本作地

其所養人而害人二三子何患無君去之踰梁山邑
于岐山之下豳人曰仁人之君不可失也從之如歸
市陶其土而復之陶其壤而穴之室内曰家未有寢
廟亦未敢有家室箋云古公據文王本其祖也諸侯
之臣稱君曰公復者復於土上鑿地曰穴皆如陶然
本其在豳時也傳曰自古公處豳而下爲二章發
○古公亶父來朝走馬率西水滸至于岐下爰及姜
女聿來胥宇○率循也滸水厓也姜女大姜也胥相宇
居也箋云來朝走馬言其辟惡早且疾
也循西水厓沮漆水側也爰於及與聿自也於是
與其妃大姜自來相可居者著大姜之賢知也○
周原膴膴○堇荼如飴○爰始爰謀爰契我龜○周原沮漆之間也膴
膴美也堇菜也荼苦菜也契開也箋云廣平曰原周
之原地在岐山之南膴膴然肥美其所生菜雖有性
苦者甘如飴也此地將可居故於是始與豳人之從
己者謀謀從則又於是契灼其龜而卜之卜之吉則

又從矣曰止曰時築室于茲箋云時是茲此也卜從則曰可止居於是可作室家於此定民心也○迺慰迺止迺左迺右迺疆迺理迺宣迺畝自西徂東周爰執事慰安爰於也箋云時耕曰宣徂徃也民心定乃安穩其居乃左右而處之乃疆理其經界乃時耕其田畝於是從西方而徃東之人皆於周執事競出力也豳與周原不能爲西東據至時從水滸言也○乃召司空乃召司徒俾立室家箋云俾使也司空司徒卿官也司空掌營國邑司徒掌徒役之事故召之使立室家之位處其繩則直縮版以載作廟翼翼言不失繩直也乘謂之縮君子將營宮室宗廟爲先廐庫爲次居室爲後箋云繩者營其廣輪方制之正也既正則以索縮其築版上下相承而起廟成則嚴顯翼翼然乘聲之誤當爲繩○捄之陾陾度之薨薨築之登登削屢

馮馮。捄虆也陾陾衆也度居也言百姓之勸勉也登登用力也削牆鍛屢之聲馮馮然箋云捄捊也度猶投也築牆者捊聚壤土盛之以虆而投諸版中百堵皆興鼛鼓弗勝。皆俱也鼛大鼓也長一丈二尺或鼛或鼓言勸事樂功也箋云五版爲堵興起也百堵同時起鼛鼓不能止之使休息也凡大鼓之側有小鼓謂之應鼙朔鼙周禮曰以鼛鼓鼓役事○迺立皐門皐門有伉。迺立應門應門將將。王之郭門曰皐門伉高貌王之正門曰應門將將嚴正也美大王作郭門以致皐門作正門以致應門焉箋云諸侯之宮外門曰皐門朝門曰應門內有路門天子之宮加以庫雉迺立冢土戎醜攸行。冢大戎大醜衆也冢土大社也起大事動大衆必先有事乎社而後出謂之宜美大王之社遂爲大社也箋云大社者出大衆將動所告而行也春秋傳曰蜃宜社之肉○肆不殄厥慍亦不隕厥問。柞棫拔矣。行道兌矣肆故今也慍恚隕墜也兌成蹊也箋云小聘曰問柞櫟也棫白桵也文王見大王立冢土有用大衆之義故今不絕其恚惡人之心亦不廢其聘問鄰國之禮今以柞棫生柯葉之時使大夫將師旅出聘問其行道士衆兌然不有征伐之意

混夷駾矣維其喙矣駾突喙困也箋云混夷夷狄國也見文王之使者將士衆過己國則惶怖驚走奔突入此柞棫之中而逃甚困劇也是之謂一年伐混夷大王辟狄難文王伐混夷成周道與國其志一也

○虞芮質厥成文王蹶厥生質成也成平也蹶動也虞芮之君相與爭田久而不平乃相謂曰西伯仁人也盍往質焉乃相與朝周入其竟則耕者讓畔行者讓路入其邑男女異路斑白不提挈入其朝士讓爲大夫大夫讓爲卿二國之君感而相謂曰我等小人不可以履君子之庭乃相讓以其所爭田爲閒田而退天下聞之而歸者四十餘國箋云虞芮之質平而文王動其緜緜民初生之道謂廣其德而王業日大

予曰有䟽附予曰有先後予曰有奔奏予曰有禦侮率下親上曰䟽附相道前後曰先後喻德宣譽曰奔奏武臣折衝曰禦侮[箋云]予我也詩人自我也文王之德所以至然者我念之曰此亦由有䟽附先後奔奏禦侮之臣力也䟽附使䟽者親也奔奏使人歸趨之

緜九章章六句

棫樸文王能官人也

芃芃棫樸薪之槱之興也芃芃木盛皃棫白桵也樸枹木也槱積也山木茂盛萬民得而薪之賢人衆多國家得用蕃興[箋云]白桵相樸屬而生者枝條芃芃然豫斫以爲薪至祭皇天上帝及三辰則聚積以燎之濟濟辟王左右趣之趣趨也[箋云]辟君也君王謂文王也

文王臨祭祀其容濟濟然敬左右之〇濟濟辟王左
諸臣皆促疾於其事謂相助積薪
右奉璋半圭曰璋箋云璋璋瓚也祭祀之禮王祼以圭瓚諸臣助之亞祼以璋瓚奉璋峨
峨髦士攸宜〇峩峩盛壯也髦俊也箋云士卿士也奉璋之儀峩峩然故今俊士之所宜〇
淠彼涇舟烝徒楫之〇淠舟行貌楫櫂也箋云烝衆也淠淠然涇水中之舟順流而行
者乃衆徒船人以楫櫂之故也興衆臣之賢者行君政令周王于邁六師及之〇天子
六軍箋云于往邁行及與也周王往行謂出兵征伐也二千五百人爲師今王興師行者殷末之制未有
周禮五師爲軍軍萬二千五百人〇倬彼雲漢爲章于天〇倬大貌也雲漢天河
也箋云雲漢之在天其爲文章譬猶天子爲法度於天下周王壽考遐不作人〇遐遠
也遠不作人也箋云周王文王也文王是時九十餘矣故云壽考遠不作人者其政變化紂之惡俗近如

新作入也○追琢其章金玉其相追雕也金曰雕玉曰琢相質也箋云周禮追師掌追衡笄則追亦治玉也相視也猶觀視也追琢金玉使成文章喻文王爲政先以心研精合於禮義然後施之萬民視而觀之其好而樂之如觀金玉然言其政教可樂也勉勉我王綱紀四方箋云我王謂文王也以綱罟喻爲政張之爲綱理之爲紀

棫樸五章章四句

旱麓受祖也周之先祖世脩后稷公劉之業大王王季申以百福干祿焉

瞻彼旱麓榛楛濟濟旱山名也麓山足也濟濟衆多也箋云旱山之足林木茂盛者得山雲雨之潤澤也喻周邦之民得豐樂者被其君德教豈弟君子干祿豈弟求

一本作東金爲[illegible]

也言陰陽和山藪殖故君子得以干祿樂易箋云君
子謂大王王季以有樂易之德施於民故其求祿亦
得樂易 ○瑟彼玉瓚黃流在中○玉瓚圭瓚也黃金所以飾流鬯也九命然後錫
以秬鬯圭瓚箋云瑟絜鮮貌黃流秬鬯也圭瓚之狀以圭爲柄黃金爲勺青金爲外朱中央矣殷王帝乙
之時王季爲西伯以功德受此賜 豈弟君子福祿攸降○箋云攸所降下也 ○
鳶飛戾天魚躍于淵○言上下察也箋云鳶鴟之類鳥之貪惡者也飛而至天喻惡人
遠去不爲民害也魚跳躍于淵中喻民喜樂得所 豈弟君子遐不作人○箋云遐遠
也言大王王季之德近於變化其人使如新 ○清酒既載騂牡既備○言年豐畜
碩也箋云既載謂已在尊中也祭祀之事先爲清酒其次擇騂牡故舉二者 以享以祀以介
景福○言祀所以得福也箋云介助景福也 ○瑟彼柞棫民所燎矣○瑟衆貌箋

文王　二九

校一本作枝

云柞棫之所以茂盛者乃人熂燎除其旁艸養治之使無害也　豈弟君子。神所勞矣。箋云勞勞來猶言佑助　○莫莫葛藟施于條枚　莫莫施貌箋云葛也藟也延蔓於木之枚本而茂盛喻子孫依緣先人之功而起　豈弟君子。求福不回　箋云不回者不違先祖之道

旱麓六章章四句

思齊文王所以聖也　言非但天性德有所由成

思齊大任文王之母思媚周姜京室之婦　齊莊媚愛也周姜大姜也京室王室也箋云京周地名也常思莊敬者大任也乃爲文王之母又常思愛大姜之配大王之禮故能爲京室之婦言其德行純備故生聖子也大姜言周大任言京見其謙恭自卑小也　大姒嗣

徽音則百斯男。大姒文王之妃也。大姒十子，衆妾則宜百子也。箋云：徽，美也。嗣大任之美音，謂續行其善教令。○惠于宗公，神罔時怨，神罔時恫。宗公，宗神也。恫，痛也。箋云：惠，順也。宗公，大臣也。言文王爲政，咨於大臣，順而行之，故能當於神明。神明無有是怨恚其所行者，無是痛傷其將無有凶禍。刑于寡妻，至于兄弟，以御于家邦。刑，法也。寡妻，適妻也。御，迎也。箋云：寡妻，寡有之妻，言賢也。御，治也。文王以禮法接待其妻，至于宗族，以此又能爲政，治于家邦也。書曰：乃寡兄勗。又曰：越乃御事。○雝雝在宮，肅肅在廟。雝雝，和也。肅肅，敬也。箋云：宮謂辟廱宮也。羣臣助文王養老則尚和，助祭於廟則尚敬，言得其禮之宜。不顯亦臨，無射亦保。以顯臨之，保安無厭也。箋云：臨，視也。保，猶居也。文王之在辟廱也，有賢才之質而不明者，亦得觀於禮；於六藝無射才者，亦得居於位。言養善使之積小以致高大。肆戎疾不殄，烈假不瑕。肆故今也。戎，大也。故大疾害人者，不絶之而自絶也。烈，業。假，大也。箋云：厲假皆病也。瑕，已也。文王於辟廱，德如此，故大疾苦人者，不絶之而自絶，爲厲假之行者，不已之而自已，言化之深也。○不聞亦式，不諫亦入。言性與天合也。箋云：式，用也。文王之祀於宗廟，有仁義之行而不聞達者，亦用之助祭；有孝悌之行而不能諫爭者，亦得入言。其使人器之，不求備也。肆成人有德，小子有造。造，爲也。箋云：成人謂大夫士也。小子謂其弟子也。文王之於宗廟，德如此，故大夫士皆有德，子弟皆有所造成。古之人無斁，譽髦斯士。古之人無猒於有名譽之俊士。箋云：古之人謂聖王明君也。口無擇言，身無擇行，以身化其臣下，故令此士皆有名譽於天下，成其俊乂之美也。

思齊四章，章六句。故言五章。（二）一章章六句。三章章四句。

皇矣、美周也。天監代殷、莫若周。周世世脩德、莫若文王。監、視也。天視四方可以代殷王天下者、維有周爾。世世脩行道德、維有文王盛爾。

皇矣上帝。臨下有赫。監觀四方。求民之莫。皇、大。莫、定也。箋云臨、視也。大矣天之視下、赫然甚明。以殷紂之暴亂、乃監察天下之衆國、求民之定、謂所歸就也。維此二國。其政不獲。維彼四國。爰究爰度。二國、殷夏也。彼、彼有道也。四國、四方也。究、謀。度、居也。箋云二國、謂今殷紂及崇侯虎也。正、長。獲、得也。四國、謂密也、阮也、徂也、共也。度、亦謀也。殷崇之君、其行暴亂、不得於天心。密阮徂共之君、於是又助之謀、言同於惡也。上帝耆之。憎其式廓。乃眷西顧。此維與宅。耆、惡也。廓、大也。憎其用大位、行大政。顧、顧西土也宅居也箋云耆老也天須假此二國養之至老猶不變改憎其所用爲惡者浸大也乃眷然運視西顧見文王之德而與之居言天意常在文王所 ○作之屏之其菑其翳脩之平之其灌其栵啓之辟之其檉其椐攘之剔之其檿其柘 木立死曰菑自斃曰翳灌叢生也栵栭也檉河柳也椐樻也檿山桑也箋云天既顧文王四方之民則大歸往之岐周之地險隘多樹木乃競刊除而自居處言樂就有德之甚 ○帝遷明德串夷載路 徙就文王之德也串習夷常路大也箋云串夷即混夷西戎國名也路應也天意去殷之惡就周之德文王則侵伐混夷以應天意也 天立厥配受命既固 配媲也箋云天既顧文王又爲之生賢妃謂大姒也其受命之道已堅固也 ○帝省其山柞棫斯拔松柏斯兌 兌易直也箋云省善也天既顧文王乃和其國之風雨使其山樹木

茂盛言非徒養其民人而已帝作邦作對自大伯王季對配也從大伯之見王季也箋云作爲也天爲邦謂興周國也作配謂爲生明君也是乃自大伯王季時則然矣大伯讓於王季而文王起○維此王季因心則友則友其兄則篤其慶載錫之光○因親也善兄弟曰友慶善光大也箋云篤厚載始也王季之心親親而又善於宗族又尤善於其兄大伯乃厚明其功美始使之顯著也大伯以讓爲功美王季乃能厚明之使傳世稱之亦其德也受祿無喪奄有四方○喪亡奄大也箋云王季以有因心則友之德故世世受福祿至於覆有天下○維此王季帝度其心貊其德音○其德克明克明克類克長克君○心能制義曰度貊靜也箋云德正應和曰貊照臨四方曰明類善也勤施無私曰類教誨不倦曰長賞慶刑威曰君王此大邦克順克比○慈和

徧服曰順擇善而從曰比〔箋〕云王君也王季稱王追王也比于文王其德靡悔經緯
天地曰文〔箋云〕靡無也王季之德比于文王無有所悔也必比于文王者德以聖人爲匹既受帝
祉施于孫子〔箋云〕帝祉天福也施猶易也延也○帝謂文王無然畔
援無然歆羡誕先登于岸無是畔道無是援取無是貪羡岸高位也〔箋云〕畔援
猶拔扈也誕大登成岸訟也天語文王曰女無如是拔扈者姿出兵也無如是貪羡者侵伐人土地也欲
廣大德美者當先平獄訟正曲直也密人不恭敢距大邦侵阮徂共國有
密須氏入侵阮遂徂侵共〔箋云〕阮也徂也共也三國犯周而文王伐之密須之人乃敢距其義兵違正道
是不直也王赫斯怒爰整其旅以按徂旅以篤于周祜以
對于天下旅師按止也旅地名也對遂也〔箋云〕赫怒意斯盡也五百人爲旅對答也文王赫然

與其群臣盡怒曰整其軍旅而出以却止徂國之兵衆以厚周當王之福以答天下鄉周之望○依其在京侵自阮疆陟我高岡無矢我陵我陵我阿無飲我泉我泉我池京大阜也矢陳也箋云京周地名陟登也矢猶當也大陵曰阿文王但發其依居京地之衆以往侵阮國之疆登其山脊而望阮之兵兵無敢當其陵及阿者又無敢飲食於其泉及池水者小出兵而令驚怖如此此以德攻不以衆也陵泉重言者美之也每言我者據後得而有之而言度其鮮原居岐之陽在渭之將萬邦之方下民之王小山別大山曰鮮將側也方則也箋云度謀鮮善也方猶鄉也文王見侵阮而兵不見敵知已德盛而威行可以遷居定天下之心乃始謀居善原廣平之地亦在岐山之南居渭水之側爲萬國之所鄉作下民之君後竟徙都於豐○帝謂文王予懷明德不大聲以色

方一本作多嘉靖本誤作萬

不長夏以革不識不知順帝之則懷歸也不大聲見於色革更也不以長大有所更箋云夏諸夏也天之言云我歸人君有光明之德而不虛廣言語以外作容貌不長諸侯以變更王法者其為人不識古不知今順天之法而行之者此言天之道尚誠實貴性自然帝謂文王詢爾仇方同爾兄弟以爾鉤援與爾臨衝以伐崇墉仇匹也鉤鉤梯也所以鉤引上城者臨臨車也衝衝車也墉城也箋云詢謀也怨耦曰仇仇方謂旁國諸侯為暴亂大惡者女當謀征討之以和協女兄弟之國相率與之往親親則方志齊心壹也當此之時崇侯虎倡紂為無道罪尤大也○臨衝閑閑崇墉言言執訊連連攸馘安安是類是禡是致是附四方以無侮閑閑動搖也言言高大也連連徐也馘獲也不服者殺而獻其左耳曰馘於內曰類於野曰禡致致其社稷羣神附附其先

祖爲之立後尊其尊而親其親【箋云】言言猶孽孽將壞貌訊言也執所生得者訊問之及獻所馘皆徐徐以禮爲之不尚促速也類也禡也師祭也無侮者文王伐崇而無復敢侮慢周者

臨衝茀茀崇墉仡仡是伐是肆是絕是忽四方以無拂茀茀彊盛也仡仡猶言言也肆疾也忽滅也【箋云】伐謂擊刺之肆犯突也春秋傳曰使勇而無剛者肆之拂猶佹也言無復佹戾文王者

皇矣八章章十二句

靈臺民始附也文王受命而民樂其有靈德以及鳥獸昆蟲焉民者冥也其見仁道遲故於是乃附也天子有靈臺者所以觀祲象察氣之妖祥也文王受命而作邑於豐立靈臺春秋傳曰公既視朔遂登觀臺以望而書雲物爲備故也

經始靈臺經之營之庶民攻之不日成之神之精明者稱靈四
方而高曰臺經度之也攻作也不日有成也箋云文
王應天命度始靈臺之基止營表其位衆民則築作
不設期日而成之言說文王之德勸其事忘己勞也
觀臺而曰靈者文王化行似神之精明故以名焉
○經始勿亟庶民子來箋云亟急也度始靈臺之基止非有急成之意衆民各以
子成父事而來攻之王在靈囿麀鹿攸伏囿所以域養禽獸也天子百里諸侯四十
里靈囿言靈道行於囿也麀牝也箋云攸所也
文王親至靈囿視牝鹿所遊伏之處言愛物也○
麀鹿濯濯白鳥翯翯濯濯娛遊也翯翯肥澤也箋
云鳥獸肥盛喜樂言得其所王
在靈沼於牣魚躍沼池也靈沼言靈道行於沼也牣
滿也箋云靈沼之水魚盈滿其中
皆跳躍亦言得其所○虡業維樅賁鼓維鏞於論鼓鍾於樂辟

廱○植者曰虡横者曰栒業大版也樅崇牙也賁大鼓也鏞大鍾也論思也水旋丘如璧曰辟廱以節觀者箋云論之言倫也虡也栒也所以縣鍾鼓也設大版於上刻畫以爲飾文王立靈臺而知民之歸附作靈沼而知鳥獸之得其所以爲音聲之道與政通故合樂以詳之於是得其倫理乎鼓與鍾也於是得喜樂乎諸在辟廱中者言感於中和之至○於論鼓鍾於樂辟廱鼉鼓逢逢矇瞍奏公○鼉魚屬逢逢和也有眸子而無見曰矇無眸子曰瞍公事也箋云凡聲使瞽矇爲之

靈臺五章章四句

下武繼文也武王有聖德復受天命能昭先人之功焉繼文者繼文王之王業而成之昭明也

毛詩　卷十六

下武維周世有哲王。武繼也箋云下猶後也哲知也後人能繼先祖者唯有周家最

大世世益有明知之王謂大王王季文王德稍就盛也三后在天王配于京。三后

大王王季文王也王武王也箋云此三后既沒登假精氣在天矣武王又能配行其道於京京謂鎬京也

〇王配于京世德作求。箋云作爲求終也武王配行三后之道於鎬京者以其世

世積德庶爲終成其大功永言配命成王之孚。箋云永長言我也命猶教令也孚信

也此爲武王言也今長我之配行三后之教令者欲成我周家王道之信也王德之道成於信論語曰民

不信不立〇成王之孚下土之式。式法也箋云王道尚信則天下以爲法勤行之

永言孝思孝思維則。則其先人也箋云長我孝心之所思所思者其維則三后之所

行子孫以順祖考爲孝〇媚茲一人應侯順德。一人天子也應當侯維也箋云

媚愛茲此也可愛乎武王能當此順德謂能成其祖考之功也易曰君子以順德積小以成高大永言孝思昭哉嗣服箋云服事也明哉武王之嗣行祖考之事謂伐紂定天下○昭茲來許繩其祖武許進繩戒武迹也箋云茲此來勤也武王能明此勤行進於善道戒慎其祖考所履踐之迹美其終成之於萬斯年受天之祜箋云祜福也天下樂仰武王之德欲其壽考之言也○受天之祜四方來賀於萬斯年不遐有佐遠夷來佐也箋云武王受此萬年之壽不遠有佐言其輔佐之臣亦宜蒙其餘福也書曰公其以予萬億年亦君臣同福祿也

下民六章章四句

文王有聲繼伐也武王能廣文王之聲卒其伐功也

一本文王上有多大乎三字

纘伐者文王伐崇而武王伐紂

文王有聲遹駿有聲遹求厥寧遹觀厥成箋云遹述駿大求終觀多也文王有令聞之聲者乃述行有令聞之聲之道所致也所述者謂大王王季也又述行終其安民之道又述行多其成民之德言周德之世益盛文王烝哉烝君也箋云君哉者言其誠得君人之道○文王受命有此武功既伐于崇作邑于豐箋云武功謂伐四國及崇之功也作邑者從都於豐以應天命文王烝哉○築城伊淢作豐伊匹匪棘其欲遹追來孝淢成溝也匹配也箋云方十里曰成淢其溝也廣深各八尺棘急來勤也文王受命而猶不自足築豐邑之城大小適與成偶大於諸侯小於天子之制此非以急從己之欲欲廣都邑乃述追王季勤孝之行進其業也王后烝哉箋云后君也變

謚言王后者非其盛事不以義謚。○王公伊濯維豐之垣。四方攸同。王后維翰。濯大翰幹也箋云公事也文王述行大王王季之王業其事益大作邑於豐城之既成又垣之立宮室乃爲天下所同心而歸之王后爲之幹者正其政教定其法度王后烝哉。○豐水東注。維禹之績。四方攸同。皇王維辟。績業皇大也箋云績功辟君也昔堯時洪水而豐水亦汎濫爲害禹治之使入渭東注于河禹之功也文王武王今得作邑於其旁地爲天下所同心而歸大王爲之君乃由禹之功故引美之豐邑在豐水之西鎬京在豐水之東皇王烝哉。箋云變王后言大王者武王之事又益大○鎬京辟廱。自西自東。自南自北。無思不服。武王作邑於鎬京箋云自由也武王於鎬京行辟廱之禮自四方來觀者皆感化其德心無不歸服者皇王烝哉○考卜維王宅是鎬京維龜正之武王成之箋云考猶稽也宅居也稽疑之法必契龜而卜之武王卜居是鎬京之地龜則正之謂得吉兆武王遂居之脩三后之德以伐紂定天下成龜兆之占功莫大於此

武王烝哉○豐水有芑武王豈不仕詒厥孫謀以燕翼子芑草也仕事燕安翼敬也箋云詒猶傳也孫順也豐水猶以其潤澤生草武王豈不以其功業爲事乎以之爲事故傳其所以順天下之謀以安其敬事之子孫謂使行之也書曰厥考翼其肯曰我有後弗棄基

武王烝哉上言皇王而變言武王者皇大也始大其業至武王伐紂成之故言武王也

文王有聲八章章五句

文王之什十篇六十六章四百一十四句

毛詩卷第十六

毛詩卷第十七

生民之什詁訓傳第二十四

毛詩大雅　　鄭氏箋

生民，尊祖也。后稷生於姜嫄，文武之功起於后稷，故推以配天焉。

厥初生民，時維姜嫄。生民本后稷也。姜，姓也。后稷之母配高辛氏帝焉。箋云：厥，其；初，始；時，是也。言周之始祖，其生之者是姜嫄也。姜姓者，炎帝之後，有女名嫄，當堯之時，爲高辛氏之世妃。本后稷之初生，故謂之生民。生民如何？克禋克祀，以弗無子。禋，敬；弗，厺也。厺無子，求有子。古者必立郊禖焉，玄鳥至之日，以大牢祠于郊禖，天子親往，后妃率九嬪御，乃禮天子所御，

任音篚

然下所明本作其

帶以弓韣授以弓矢于郊禖之前箋云克能也弗之
言祓也姜嫄之生后稷如何乎乃禋祀上帝於郊禖
以祓除其無子之疾而得其福也能者言齊
肅當神明意也二王之後得用天子之禮履帝武
敏歆○攸介攸止○載震載夙○載生載育○時維后稷○履踐也帝
高辛氏之帝也武迹敏疾也從於帝而見于天將事
齊敏也歆饗介大也止福祿所止也震動夙早育長
也后稷播百穀以利民箋云帝上帝也敏拇也介左
右也夙之言肅也祀郊禖之時時則有大神之迹姜
嫄履之足不能滿履其拇指之處心體歆歆然所左
右所止住如有人道感己者也於是遂有身而肅戒
不復御後則生子而養長之名
曰棄舜臣堯而舉之是爲后稷○誕彌厥月先生如
達○誕大彌終達生也姜嫄之子先生者也箋云達羊
子也大矣后稷之在其母終人道十月而生生如
達之生言易也凡人在母母則
言易也不坼不副無菑無害○病生則坼副菑害其母

横逆人道以赫厥靈上帝不寧不康禋祀居然生子赫顯也不寧寧也不康康也箋云康寧皆安也姜嫄以赫然顯著之徵其有神靈審矣此乃天帝之氣也心猶不安之又不安徒以禋祀而無人道居默然自生子懼時人不信也○誕寘之隘巷牛羊腓字之○誕大寘置腓辟字愛也天生后稷異之於人欲以顯其靈也帝不順天是不明也故承天意而異之于天下箋云天異之故姜嫄置后稷於牛羊之徑亦所以異之誕寘之平林會伐平林○牛羊而辟人者理也置之平林又為人所收取之誕寘之寒氷鳥覆翼之○大鳥來一翼覆之一翼藉之人而收取之又其理也故置之於寒氷鳥乃去矣后稷呱矣於是知有天異往取之矣后稷呱呱然而泣○實覃實訏厥聲載路○誕實匍匐克岐克嶷以就口食覃長訏大路大也岐知意也嶷識也

明本戎下脫菽字茂盛明本作盛茂

雜種一本作雍種

箋云實之言適也覃謂始能坐也訏謂張口鳴呼也是時聲音則已大矣能匍匐則岐岐然意有所知也其貌嶷嶷然有所識別也以此至于能就衆人口自食謂六七歲時。蓺之荏菽，荏菽旆旆。禾役穟穟。麻麥幪幪。瓜瓞唪唪。荏菽戎菽也旆旆然長也役列也穟穟苗好美也幪幪然茂盛也唪唪然多實也箋云蓺猶樹也戎菽大豆也就口食之時則有種殖之志言天性也。○誕后稷之穡，有相之道。相助也箋云大矣后稷之掌稼穡有見助之道謂若神助之力。茀厥豐艸，種之黃茂。實方苞實種實褎。實發實秀。實堅實好。實穎實栗。即有邰家室。茀治也黃嘉穀也茂美也方極畝也苞本也種雜種也褎長也發盡發也不榮而實曰秀穎垂穎也栗其實栗栗然邰姜嫄之國也堯見天因邰而生后稷故國后稷於邰命使事天以顯神順天命耳箋云豐苞亦茂也方齊等也種

生不雜也褎枝葉長也發發管時也栗成就也后稷
教民除治茂艸使種黍稷黍稷生則茂好孰則大成
以此成功堯改封於邰就○誕降嘉種○維秬維秠○維
其成國之家室無變更也
穈維芑○天降嘉種秬黑黍也秠一稃二米也穈赤苗
也芑白苗也箋云天應堯之顯后稷故爲之
下嘉種
恒之秬秠○是穫是畝○恒之穈芑○是任是負○以歸
肇祀○恒徧肇始也始歸郊祀也箋云任猶抱也肇郊
之神位也后稷以天爲己下此四穀之故則徧
種之成孰則穫而畝計之抱負以歸
於郊祀天得祀天者二王之後也○誕我祀如何○
或舂或揄○或簸或蹂○釋之叟叟烝之浮浮○揄抒臼也
或簸糠者
或蹂黍者釋淅米也叟叟聲也浮浮氣也箋云蹂之
言潤也大矣我后稷之祀天如何乎美而將說其事
也舂而揉出之簸之又潤濕之將復舂之
趨於鑿也釋之烝之以爲酒及簠簋之實○載謀載惟○

取蕭祭脂取羝以軷載燔載烈嘗之日涖卜來歲之芟獮之日涖卜來歲之戒社之日涖卜來歲之稼所以興來而繼往也穀熟而謀陳祭而卜矣取蕭合黍稷臭達牆屋既奠而後爇蕭合馨香也羝羊牡羊也軷道祭也傳火曰燔貫之加于火曰烈箋云惟思也烈之言爛也后稷既爲郊祀之酒及其米則諏謀其日思念其禮至其時取蕭艸與祭牲之脂爇之於行神之位馨香既聞取羝羊之體以祭神又燔烈其肉爲尸羞焉自此而往郊以興嗣歲興來歲繼往歲也箋云嗣歲今新歲也以先歲之物齊敬犯軷而祀天者將求新歲之豐年也孟春之月令曰乃擇元日祈穀于上帝是也

○卬盛于豆于豆于登其香始升上帝居歆胡臭亶時卬我也木曰豆瓦曰登豆薦菹醢也登大羹也箋云胡之言何也亶誠也我后稷盛菹醢之屬當于豆者於登者其馨香始上行上帝則安而歆享之何芳臭之誠得其時乎美之也祀天用瓦豆

陶器質也后稷肇祀庶無罪悔以迄于今迄至也箋云庶衆也后稷肇祀上帝於郊而天下衆民咸得其所無有罪過也子孫蒙其福以至於今故推以配天焉

生民八章四章章十句四章章八句

行葦忠厚也周家忠厚仁及艸木故能内睦九族外尊事黄耇養老乞言以成其福祿焉九族自己上至高祖下至玄孫之親也黄黄髮也耇凍黎也乞言從求善言可以爲政者敦史受之

敦彼行葦牛羊勿踐履方苞方體維葉泥泥敦聚貌行道也葉初生泥泥箋云苞茂也體成形也敦敦然道旁之葦牧牛羊者毋使躐履折傷之艸物方茂盛以其終將爲人用故周之先王爲此愛之況於人乎○戚戚兄弟莫遠具爾或

咢逆各切

斝音駕

設明本作言

肆之筵或授之几 戚戚內相親也肆陳也或陳設筵

者或授几者 箋云 莫無也具猶俱

也爾謂進之也王與族人燕兄弟之親無遠無近

俱揖而進之年稚者爲設筵而已老者加之以几 ○

肆筵設席授几有緝御 設席重席也緝御蹈踖之容

也 箋云 緝猶續也御侍也兄

弟之老者既爲設重席授几又 或獻或酢洗爵奠斝

有相續代而侍者謂敦史也

斝爵也夏曰醆殷曰斝周曰爵 箋云 進酒於客曰獻

客荅之曰酢主人又洗爵醻客客受而奠之不舉也

用殷爵者尊兄弟也 ○ 醓醢以薦或燔或炙嘉殽脾臄或歌或

咢 以肉曰醓醢臄函也歌者比於琴瑟也徒擊鼓曰

咢 箋云 薦之禮非葅則醓醢也燔用肉炙用肝以

脾函爲加故謂之嘉 ○ 敦弓既堅四鍭既鈞舍矢既均 敦弓畫

弓也天

子敦弓鍭矢參亭已均中埶 箋云 舍之言釋也埶質

也周之先王將養老先與羣臣行射禮以擇其可與

者以爲賓

序賓以賢　言賓客次序皆賢孔子射於矍相之圃觀者如堵牆射至於司馬使子路執弓矢出延射曰奔軍之將亡國之大夫與爲人後者不入其餘皆入蓋去者半入者半又使公罔之裘序點揚觶而語曰幼壯孝弟耆耋好禮不從流俗脩身以俟死者不在此位蓋去者半處者半序點又揚觶而語曰好學不倦好禮不變耄勤稱道不亂者不在此位也蓋僅有存者爲　箋云序賓以賢謂以射中多少爲次第○

敦弓既句既挾四鍭　天子之弓合九而成規　箋云射禮搢三挾一个言已挾四鍭則已徧釋之

四鍭如樹　言皆中也

序賓以不侮　言其皆有賢才也　箋云不侮者敬也其人敬於禮則射多中○

曾孫維主酒醴維醹酌以大斗以祈黃耇　曾孫成王也醹厚也大斗長三尺也祈報也　箋云祈告也令我成王承先王之法度爲主人亦既序賓矣有我醇厚之酒醴以大斗酌而嘗之而美故以告黃耇之人徵而養之也

一本自戚戚至具爾二句屬首章自或肆至緝御四句爲二章自或獻至或咢六句爲三章

飲酒之禮曰告於先生君子可也○黃耇台背以引以翼台背大老也引長翼敬也箋云台之言鮐也大老則背有鮐文既告老人及其來也以禮引之以禮翼之在其前曰引在其旁曰翼壽考維祺以介景福祺吉也箋云介助也養老人而得吉所以助大福也

行葦八章章四句故言七章二章章六句五章章四句

既醉太平也醉酒飽德人有士君子之行焉成王祭宗廟旅醻下遍羣臣至于無筭爵故云醉焉乃見十倫之義志意充滿是謂之飽德

既醉以酒既飽以德既者盡其禮終其事箋云禮謂旅醻之屬事謂惠施先後及歸俎之類君子萬年介爾景福箋云君子斥成王也介助景大也成王女有萬年之

壽天又助女以大福謂五福也○既醉以酒爾殽既將將行也箋云爾女也殽謂

牲體也成王之為羣臣俎實以尊畀差次行之君子萬年介爾昭明箋云昭光也

○昭明有融高朗令終融長朗明也始於饗燕終於享祀箋云有又令善也天既

助女以光明之道又使之長有高明之譽而以善名終是其長也令終有俶公尸嘉

告俶始也公尸天子以卿言諸侯也箋云俶猶厚也既始有善令終又厚之公尸以善言告之謂嘏辭

也諸侯有功德者入為天子卿大夫故云公尸公君也○其告維何籩豆靜嘉

恒豆之菹水艸之和也其醢陸產之物也加豆陸產也其醢水物也籩豆之薦水土之品也不敢用常褻

味而貴多品所以交於神明者言道之徧至也箋云公尸所以以善言告之是何故乎乃用籩豆之物潔

清而美政平氣和所致故也朋友攸攝攝以威儀言相攝佐者以威儀也箋云朋

祿臨明本作祿福

友謂羣臣同志好者也言成王之臣皆有仁孝士君子之行其所以相攝佐威儀之事○威儀孔時君子有孝子箋云孔甚也言成王之臣威儀甚得其宜皆君子之人有孝子之行○孝子不匱永錫爾類匱竭類善也箋云永長也孝子之行非有竭極之時長以錫與女之族類謂廣之以教道天下也春秋傳曰潁考叔純孝也施及莊公○其類維何室家之壼壼廣也箋云壼之言梱也其與女之族類云何乎室家先以相梱梱緻已乃及於天下○君子萬年永錫祚胤胤嗣也箋云永長也成王女有萬年之壽天又長予女福祚至于子孫○其胤維何天被爾祿祿福也箋云天予女福祚至于子孫云何乎天覆被女以祿位使祿臨天下○君子萬年景命有僕僕附也箋云成王女既有萬年之壽天之大命又附著於女謂使爲政教○其僕維何釐爾女士釐予也箋云天之大

嫌一本作謙

問

命附著於女云何予女以女而有士行者謂生淑媛使爲之妃釐爾女士從以孫子箋云從隨也天既予女以女而有士行者又使生賢知之子孫以隨之謂傳世也

既醉八章章四句

鳧鷖守成也太平之君子能持盈守成神祇祖考安樂之也君子斥成王也言君子者太平之時則皆然非獨成王也

鳧鷖在涇公尸來燕來寧鳧水鳥也鷖鳧屬大平則萬物衆多箋云涇水名也水鳥而居水中猶人爲公尸之在宗廟也故以喻爲祭禮既畢明日又設禮而與尸燕成王之時尸來燕也其心安不以己實臣之故自嫌言此者美成王事尸之禮備爾酒既清爾殽既馨公尸燕飲福祿來成馨香之遠聞也箋云爾者女成王也以女酒殽清美以與公尸

燕樂飲酒之故祖考以福祿來成女○鳧鷖在沙公尸來燕來宜沙水旁也宜宜其事也箋云水鳥以居水中為常今出在水旁喻祭四方百物之尸也其來燕也必自以為宜亦不以己實臣之故自嫌也爾酒既多爾殽既嘉言酒品齊多而殽備美公尸燕飲福祿來為厚為孝子也箋云為猶助也助成王也○鳧鷖在渚公尸來燕來處渚沚也處止也箋云水中之有渚猶平地之有丘也喻祭天地之尸也以配至尊之故其來燕似若止得其處爾酒既湑爾殽伊脯公尸燕飲福祿來下箋云湑酒之泲者也天地之尸尊事尊不以褻味泲酒脯而已○鳧鷖在潨公尸來燕來宗潨水會也宗尊也箋云潨水外之高者也有瘞埋之象喻祭社稷山川之尸其來燕也有尊主人之意既燕于宗福祿攸降公尸燕飲福祿來

崇。崇重也。箋云既盡也。宗社宗也。羣臣下及民盡有祭社之禮而燕飲焉為福祿所下也。今王祭社又以其尸燕福祿之來乃重厚也。天子以下其社神同故云然。○鳧鷖在亹公尸來止熏熏。亹山絕水也。熏熏和說也。箋云亹之言門也。燕七祀之尸於門戶之外故以喻焉其來也不敢當王之燕禮故變言來止熏熏坐不安之意。旨酒欣欣燔炙芬芬公尸燕飲無有後艱。欣欣然樂也。芬芬香也。無有後艱言不敢多祈也。箋云艱難也。小神之尸卑用美酒有燔炙可用薦味也又不能致福祿但令王自今無有後艱而已

鳧鷖五章章六句。

假樂嘉成王也。

假樂君子顯顯令德。宜民宜人。受祿于天。假嘉也。宜民宜人宜

安民宜官人也箋云顯光也天嘉樂成王有光
光之善德安民官人皆得其宜以受福祿於天保右
命之自天申之申重也箋云成王之官人也羣臣保
右而舉之乃後命用之又用天意申
勑之如舜之勑
伯禹伯夷之屬○千祿百福子孫千億穆穆皇皇宜
君宜王宜君王天下也箋云干求也十萬曰億天子
穆穆諸侯皇皇成王行顯顯之令德求祿得
百福其子孫亦勤行而求之得祿千億
故或爲諸侯或爲天子言皆相勗以道不愆不忘率
由舊章箋云愆過率循也成王之令德不過誤不
遺失循用舊典之文章謂周公之禮法○
威儀抑抑德音秩秩無怨無惡率由羣匹抑抑美也
秩秩有常
也箋云抑抑密也秩秩清也成王立朝之威儀緻密
無所失敎令又清明天下皆樂仰之無有怨惡循用
羣臣之賢者其行
能匹耦己之心受福無疆四方之綱○之綱之紀

燕及朋友。朋友，羣臣也。箋云：成王能爲天下之綱紀，謂立法度以治理之也。其燕飲常與羣臣，非徒樂族人而已。百辟卿士，媚于天子。不解于位，民之攸塈。塈，息也。箋云：百辟，畿內諸侯也。卿士，卿之有事者也。媚，愛也。成王以恩意及羣臣，羣臣故皆愛之，不解於其職位，民之所以休息由此也。

假樂四章，章六句。

公劉，召康公戒成王也。成王將涖政，戒以民事，美公劉之厚於民，而獻是詩也。公劉者，后稷之曾孫也。夏之始衰，見迫逐，遷於豳，而有居民之道。成王始幼少，周公居攝政，反歸之。成王將涖政，召公與周公相成王，爲左右。召公懼成王尚幼稚，不留意於治民之事，故作詩美公劉，欲以深戒之。

篤公劉匪居匪康迺埸迺疆迺積迺倉迺裹餱糧于
橐于囊思輯用光　篤厚也公劉居於邰而遭夏人亂
迫逐公劉公劉乃辟中國之難遂
平西戎而遷其民邑於豳焉迺埸迺疆言脩其疆埸
也迺積迺倉言民事時和國有積倉也小曰橐大曰
囊思輯用光言民相與和睦以顯於時也箋云厚乎
公劉之爲君也不以所居爲居不以所安爲安邰國
乃有疆埸也乃有積委及倉也安安而能遷積而能
散爲夏人迫逐己之故不忍鬬其民乃裹糧食於橐
囊之中棄其餘而去思在和其民
人用光大其道爲今子孫之基　弓矢斯張干戈戚
揚爰方啓行　戚斧也揚鉞也張其弓矢秉其干戈戚
揚以方開道路去之豳蓋諸侯之從者
十有八國焉箋云干盾也戈句孑戟也爰曰也公劉
之去邰整其師旅設其兵器告其士卒曰爲女方開
道而行明己之遷非爲
迫逐之故乃欲全民也　○篤公劉于胥斯原既庶既

繁既順迺宣而無永歎胥相宣遍也民無長歎猶文
王之無悔也箋云于於也廣
平曰原厚乎公劉之於相此原地以居民民既衆矣
既多矣既順其事矣又乃使之時耕民皆安今之居
而無長歎
思其舊也陟則在巘復降在原何以舟之維玉及瑤
鞞琫容刀巘小山別於大山也舟帶也瑤言有美德
也下曰鞞上曰琫言德有度數也容刀言
有武事也箋云陟升降下也公劉之相此原地也由
原而升巘復下在原言反覆之重居民也民亦愛公
劉之如是故進
玉瑤容刀之佩○篤公劉逝彼百泉瞻彼溥原迺陟
南岡乃覯于京溥大覯見也箋云逝往瞻視溥廣也
山脊曰岡絶高爲之京厚乎公劉之
相此原地也往之彼百泉之閒視其廣原可居之處
乃升其南山之脊乃見其可居者於京謂可營立都
邑之處
京師之野于時處處于時廬旅于時言言于時

爵明本作樂

語語是京乃大衆所宜居之也廬寄也直言曰言論難曰語箋云于於時是也京地乃衆民所宜居之野也於是處其所當處者廬舍其賓旅言其所當言語其所當語謂安民館客施教令也

○篤公劉于京斯依蹌蹌濟濟俾筵俾几箋云蹌蹌濟濟士大夫之威儀也俾使也厚乎公劉之居於此京依而築宮室其既成也與羣臣士大夫飲酒以落之羣臣則相使爲公劉設几筵使之升坐既登乃依乃造其曹執豕于牢酌之用匏賓已登席坐矣乃依几矣曹羣也執豕于牢新國則殺禮也酌之用匏儉以質也箋云公劉既登堂負扆而立羣臣乃適其牧羣搏豕於牢中以爲飲酒之殺酌酒以匏爲爵言忠敬也食之飲之君之宗之爲之君爲之大宗也箋云宗尊也公劉雖去部國來遷羣臣從而君之尊之猶在邰也

○篤公劉既溥既長既景迺岡相其陰陽觀其流泉

既景乃岡考於日景參之高岡箋云厚乎公劉之居豳也既廣其地之東西又長其南北既以日景定其經界於山之脊觀相其陰陽寒煖所宜流泉浸潤所及皆爲利民富國**其軍三單度其隰原徹田爲糧**三單相襲也徹治也箋云部后稷上公之封大國之制三軍以其餘卒爲羨今公劉遷於豳民始從之丁夫適滿三軍之數單者無羨卒也度其隰與原田之多少徹之使出稅以爲國用什一而稅謂之徹魯哀公曰二吾猶不足如之何其徹也**度其夕陽豳居允荒**山西曰夕陽荒大也箋云允信也夕陽者豳之所處也度其廣輪豳之所處信寬大也**篤公劉于豳斯館涉渭爲亂取厲取鍛**館舍也正絕流曰亂鍛石也箋云鍛石所以爲鍛質也厚乎公劉於豳地作此宮室乃使人渡渭水爲舟絕流而南取鍛厲斧斤之石可以利器用伐取材木給築事也**止基迺理爰衆爰有夾其皇澗遡其**

過澗。皇澗名也遡鄉也過澗名也箋云爰曰也止基作宮室之功止而後疆理其田野校其夫家人數日益多矣器物有足矣皆布居澗水之旁

止旅廼密芮鞫之即。密安也芮水厓也鞫究也箋云芮之言內也水之內曰隩水之外曰鞫公劉居豳既安軍旅之役止士卒乃安亦就澗水之內外而居脩田事也

公劉六章章十句。

泂酌召康公戒成王也言皇天親有德饗有道也。

泂酌彼行潦挹彼注茲可以餴饎。泂遠也行潦流潦也餴餾也饎酒食也箋云流潦水之薄者也遠酌取之投之大器之中又挹之注之於此小器而可以沃酒食之餴者以有忠信之德齊絜之誠可以薦之故也春秋傳曰人不易物惟德繄物

豈弟君子民之父

母。樂以彊教之易以說安之民皆有父之尊有母之親○泂酌彼行潦挹彼注茲可以濯罍。濯滌也罍祭器豈弟君子民之攸歸。○泂酌彼行潦挹彼注茲可以濯溉。溉清也豈弟君子民之攸墍。箋云墍息也

泂酌三章章五句。

卷阿召康公戒成王也言求賢用吉士也。吉猶善也

有卷者阿飄風自南。興也卷曲也飄風廻風也惡人被德化而消猶飄風之入曲阿也箋云大陵曰阿有大陵卷然而曲廻風從長養之方來入之興者喻王當屈體以待賢者賢者則猥來就之如飄風之入曲阿然其來也爲長養民豈弟君子來游來歌以矢其音。矢陳也箋云王能待賢者如是則樂易之君子來就王游而歌以陳出其聲音言其將以樂王也感

王之善心也○伴奐爾游矣優游爾休矣伴奐廣大有文章也箋云伴奐自縱弛之意也賢者旣來王以才官秩之各任其職女則得伴奐而優游自休息也孔子曰無爲而治者其舜也與恭己正南面而已言任賢故逸也豈弟君子俾爾彌爾性似先公酋矣彌終也似嗣也酋終也箋云俾使也樂易之君子來在位乃使女終女之性命無困病之憂嗣先君之功而終成之○爾土宇昄章亦孔之厚矣昄大也箋云土宇謂居民以土地屋宅也孔甚也女得賢者與之爲治使居宅民大得其法則其恩惠亦甚厚矣勸之使然豈弟君子俾爾彌爾性百神爾主矣箋云使女爲百神主謂羣神受饗而祐之○爾受命長矣茀祿爾康矣茀小也箋云茀福康安也女得賢者與之承順天地則受壽長之命福祿又安女豈弟君子俾爾彌爾性純嘏

爾常矣嘏大也箋云純大也予福曰嘏使女大受神之福以爲常○有馮有翼有孝有德以引以翼有馮有翼道可馮依以爲輔翼也引長翼敬也箋云馮憑几也翼助也有孝斥成王也有德謂羣臣也王之祭祀擇賢者以爲尸尊之豫撰几擇佐食廟中有孝子有羣臣尸之入也使祝贊道之扶翼之尸至設几佐食助之尸者神象故事之如祖考豈弟君子四方爲則○箋云則法也王之臣有是樂易之君子則天下莫不放傚以爲法則○顒顒卬卬○如圭如璋令聞令望○顒顒溫貌卬卬盛貌箋云令善也王有賢臣與之以禮義相切瑳體貌則顒顒然敬順志氣則卬卬然高朗如玊之圭璋也人聞之則有善聲譽人望之則有善威儀德行相副豈弟君子四方爲綱○箋云綱者能張衆目○鳳凰于飛○翽翽其羽亦集爰止○鳳凰靈鳥仁瑞也雄曰鳳雌曰凰翽翽衆多也箋云翽翽羽聲

山東明本作出東

也亦亦衆鳥也爰於也鳳凰往飛翽翽然亦與衆鳥集於所止衆鳥慕鳳凰而來喻賢者所在羣士皆慕而往仕也因時鳳凰至故以喻焉

藹藹王多吉士維君子使媚于天子藹藹猶濟濟也箋云媚愛也王之朝多善士藹藹然君子在上位者率化之使之親愛天子奉職盡力

○鳳凰于飛翽翽其羽亦傅于天箋云傅猶戾也

藹藹王多吉人維君子命媚于庶人箋云命猶使也吉士親愛庶人謂撫擾之令不失職

○鳳凰鳴矣于彼高岡梧桐生矣于彼朝陽梧桐柔木也山東曰朝陽梧桐不生山岡太平而後生朝陽箋云鳳凰鳴于山脊之上者居高視下觀可集止喻賢者待禮乃行翔而後集梧桐生者猶明君出也生於朝陽者被溫仁之氣亦君德也鳳凰之性非梧桐不棲非竹實不食

菶菶萋萋雝雝喈喈梧桐盛也鳳凰鳴也臣竭其力則地極其化天

下和合則鳳凰樂德箋云菶菶萋萋喻君德盛也雝雝喈喈喻民臣和協○君子之車既庶且多君子之馬既閑且馳上能錫以車馬行中節馳中法也箋云庶衆閑習也今賢者在位王錫其車衆多矣其馬又閑習於威儀能馳矣大夫有乘馬有貳車矢詩不多維以遂歌不多多也明王使公卿獻詩以陳其志遂爲工師之歌焉箋云矢陳也我陳作此詩不復多也欲令遂爲樂歌王日聽之則不損今之成功也

卷阿十章六章章五句四章章六句

民勞召穆公刺厲王也厲王成王七世孫也時賦斂重數繇役煩多民人勞苦輕爲姧宄彊陵弱衆暴寡作寇害故穆公以刺之

民亦勞止汔可小康惠此中國以綏四方汔危也中國京師也

四方諸夏也【箋云】汔幾也康綏皆安也惠愛也今周民罷勞矣王幾可以小安之乎愛京師之人以安天下京師者諸夏之根本

無縱詭隨以謹無良式遏寇虐憯不畏明

詭隨詭人之善隨人之惡者以謹無良慎小以懲大也憯曾也【箋云】謹猶慎也良善式用遏止也王爲政無聽於詭人之善不肯行而隨人之惡者以此敕慎無善之人又用此止爲寇虐曾不畏敬明白之刑罪者疾時有之

柔遠能邇以定我王

柔安也【箋云】能猶御也邇近也安遠方之國順如其近者當以此定我國家爲王之功言我者同姓親也

○民亦勞止汔可小休惠此中國以爲民逑

休定也逑合也【箋云】休止息也逑聚也

無縱詭隨以謹惛怓式遏寇虐無俾民憂

惛怓大亂也【箋云】惛怓猶讙譁也謂好爭者也俾使也

無棄爾勞以爲王休

休美也【箋云】勞猶功也無廢女始時勤政

事之功以爲文王之美述其始時者誘掖之也○民亦勞止汔可小息惠此
京師以綏四國息止也無縱詭隨以謹罔極式遏寇虐
無俾作慝慝惡也箋云罔無極中也無中所行不得中正敬愼威儀以近有
德求近有德也○民亦勞止汔可小愒惠此中國俾民憂
泄愒息泄去也箋云泄猶出也發也無縱詭隨以謹醜厲式遏寇虐
無俾正敗醜衆厲危也箋云厲惡也春秋傳曰其父爲厲敗壞也無使先王之正道壞戎
雖小子而式弘大戎大也箋云戎猶女也式用也弘猶廣也今王女雖小子自遇而女
用事於天下甚廣大也易曰君子出其言善則千里之外應之況其邇者乎出其言不善則千里之外違
之況其邇者乎是以此戒之○民亦勞止汔可小安惠此中國國

無有殘賊義曰殘箋云王愛此京師之人則天下邦國之君不為殘酷無縱詭隨以

謹繾綣式遏寇虐無俾正反繾綣反覆也王欲玉女是以

大諫箋云玉者君子比德焉王乎我欲令女如玉然故作是詩用大諫正女此穆公至忠之言

民勞五章章十句

板凡伯刺厲王也凡伯周同姓周公之胤也入為王卿士

上帝板板下民卒癉出話不然為猶不遠板板反也上帝以稱

王者也癉病也話善言也猶道也箋云猶謀也王為政反先王與天之道天下之民盡病其出善言而不

行之也此為謀不能遠圖不知禍之將至靡聖管管不實於亶管管無所依也亶誠

也箋云王無聖人之法度管管然以心自恣不能用實於誠信之言言行相違也猶之未遠

是以大諫猶圖也箋云王之謀不能圖遠用是故我大諫王也○天之方難無然憲憲天之方蹶無然泄泄憲憲猶欣欣也蹶動也泄泄猶沓沓也箋云天斥王也王方欲艱難天下之民又方變更先王之道臣乎女無憲憲然無沓沓然爲之制法度達其意以成其惡辭之輯矣民之洽矣辭之懌矣民之莫矣輯和洽合懌說莫定也箋云辭辭氣謂政教也王者政教和說順於民則民心合定此戒語時之大臣○我雖異事及爾同寮我即爾謀聽我囂囂寮官也囂囂猶謷謷也箋云及與即就也我雖與爾職事異者乃與女同官俱爲卿士我就女而謀欲忠告以善道女反聽我言謷謷然不肯受我言維服勿以爲笑先民有言詢于芻蕘芻蕘薪采者箋云服事也我所言乃今之急事女無笑之古之賢者有言有疑事當與薪采者謀之匹夫匹婦

或知及之況於我乎〇天之方虐無然謔謔老夫灌灌小子蹻

蹻謔謔然喜樂灌灌猶款款也蹻蹻驕貌箋云今王方爲酷虐之政女無謔謔然以讒慝助之老夫諫

女欽欽然自謂也女反蹻蹻然如小子不聽我言匪我言耄爾用憂謔多將

熇熇不可救藥八十曰耄熇熇然熾盛也箋云將行也今我言非老耄有失誤乃告女用

可憂之事而女反好戲謔多行熇熇慘毒之惡誰能止其禍〇天之方懠無爲夸

毗威儀卒迷善人載尸懠怒也夸毗以體柔人也箋云王方行酷虐之威怒女無

夸毗以形體順從之君臣之威儀盡迷亂賢人君子則如尸矣不復言語時厲王虐而弭謗民之

方殿屎則莫我敢葵喪亂蔑資曾莫惠我師殿屎呻吟也蔑

無資財也箋云葵揆也民方愁苦而呻吟則忽然無有揆度知其然者其遭喪禍又素以賦歛空虛無有

明本夸毗下無以字

明本忽然下無無字

財貨以共其事窮困如此又曾不肯惠施以賙贍衆民言無恩義也○天之牖民如壎如篪如璋如圭如取如攜。牖道也如壎如篪言相和也如璋如圭言相合也如取如攜言必從也箋云王之道民以禮義則民和合而從之如此攜無曰益牖民孔易民之多辟無自立辟。辟法也箋云易易也女攜掣民東與西與民皆從女所爲無曰是何益爲道民在己甚易也民之行多爲邪辟者乃女君臣之過無自謂所建者爲法也○价人維藩大師維垣大邦維屏大宗維翰。价善也藩屏也垣墻也王者天下之大宗翰幹也箋云价甲也被甲之人謂卿士掌軍事者大師三公也大邦成國諸侯也大宗王之同姓世嗣適子也王當用公卿諸侯及宗室之賢者爲藩屏垣幹爲輔弼無疏遠之懷德維寧宗子維城無俾城壞無獨斯畏。懷和也箋云斯離也和女德無行酷虐之政以安女國以是爲宗子之城使免於難遂行酷虐則禍及宗子宗子是謂城壞城壞則乖離而女獨居而畏矣宗子謂王之適子○敬天之怒無敢戲豫敬天之渝無敢馳驅戲豫逸豫也馳驅自恣也箋云渝變也昊天曰明及爾出王昊天曰旦及爾游衍王往旦明游行衍溢也箋云及與也昊天在上人仰之皆謂之明常與女出入往來游溢相從視女所行善惡可不愼乎

板八章章八句

生民之什十篇六十五章四百三十三句

毛詩卷第十七

毛詩卷第十八

蕩之什詁訓傳第二十五

毛詩大雅　　鄭氏箋

蕩召穆公傷周室大壞也厲王無道天下蕩蕩無綱紀文章故作是詩也

蕩蕩上帝下民之辟上帝以託君王也辟君也箋云蕩蕩言法度廢壞之貌厲王乃以此居人上爲天下之君言其無可則象之甚疾威上帝其命多辟疾病人矣威罪人矣箋云疾病人者重賦歛也威罪人者峻刑法也其政教又多邪辟不由舊章天生烝民其命匪諶靡不有初鮮克有終諶誠也箋云烝衆鮮寡克能也天之生此

衆民其敬道之非當以誠信使之忠厚乎今
則不然民始皆庶幾於善道後更化於惡俗○文王
曰咨咨女殷商曾是彊禦曾是掊克曾是在位曾是
在服咨嗟也彊禦彊梁禦善也掊克自伐而好勝人
也服服政事也箋云厲王弭謗穆公朝廷之臣
不敢斥言王之惡故上陳文王咨嗟殷紂以切
刺之女曾任用是惡人使之處位執職事也天降
滔德女興是力天君滔慢也箋云厲王施倨慢之化
女羣臣又相與而力爲之言競於惡
○文王曰咨咨女殷商而秉義類彊禦多懟流言以
對寇攘式內對遂也箋云義之言宜也類善式用也
女執事之臣宜用善人反任彊禦衆懟
爲惡者皆流言謗毀賢者王若問之則又以對
寇盜攘竊爲姦宄者而王信之使用事於內侯作
侯祝靡屆靡究作祝詛也屆極究窮也箋云侯維也
王與羣臣乖爭而相疑日祝詛求其

凶咎無極已○文王曰咨咨女殷商女炰烋于中國歛怨以為德炰烋猶彭亨也箋云炰烋自矜氣健之貌歛聚羣不逞作怨之人謂之有德而任用之不明爾德時無背無側背無臣側無人也箋云無臣無人謂賢者不用爾德不明以無陪無卿無陪無陪貳也無卿無卿士也○文王曰咨咨女殷商天不湎爾以酒不義從式義宜也箋云式法也天不同女顏色以酒有沈湎於酒者是乃女過也不宜從而法行之既愆爾止靡明靡晦式號式呼俾晝作夜使晝為夜也箋云愆過也女既過沈湎矣又不為明晦無有止息也醉則號呼相傚用晝日作夜不視政事○文王曰咨咨女殷商如蜩如螗如沸如羹蜩蟬也螗蝘也箋云飲酒號呼之聲如蜩螗之鳴其笑語沓沓又如湯之沸羹之方熟

小大近喪人尚乎由行。言居人上欲用行是道也箋云殷紂之時君臣失道如此近喪亡矣時人化之甚尚欲從而行之不知其非內奰于中國覃及鬼方。奰怒也不醉而怒曰奰鬼方遠方也箋云此言時人忕於惡雖有不醉猶好怒也○文王曰咨咨女殷商。匪上帝不時殷不用舊。箋云此言紂之亂非其生不得其時乃不用先王之故法之所致雖無老成人尚有典刑。箋云老成人謂若伊尹伊陟臣扈之屬雖無此臣猶有常事故法可案用也曾是莫聽大命以傾。箋云莫無也朝廷君臣皆任喜怒曾無用典刑治事者以至誅滅○文王曰咨咨女殷商人亦有言顛沛之揭枝葉未有害本實先撥。顛仆沛拔也揭根見皃箋云揭蹶皃撥猶絕也言大木揭然將蹶枝葉未有折傷其根本實先絕乃相隨俱顛拔喻紂之

明本亾下無之言也三字

官職雖俱存紂誅亦皆死殷鑒不遠在夏后之世箋云此言殷之明鏡不遠也近在夏后之世謂湯誅桀也後武王誅紂今之王者何以不用爲戒乎

蕩八章章八句

抑衛武公刺厲王亦以自警也自警者如彼泉流無淪胥以亾之言也

抑抑威儀維德之隅人亦有言靡哲不愚抑抑密也隅廉也靡哲不愚國有道則知國無道則愚箋云人密審於威儀抑抑然是其德必嚴正也古之賢者道行心平可外占而知內如宮室之制內有繩直則外有廉隅今王政暴虐賢者皆佯愚不爲容貌如不肖然庶人之愚亦職維疾哲人之愚亦維斯戾職主戾罪也箋云庶衆也衆人性無知以愚爲主言是其常也賢者而爲愚畏懼於罪也○無競維人四方其

訓之有覺德行四國順之○無競競也訓教覺直也箋云競彊也人君爲政無彊
於得賢人得賢人則天下教化於其俗有大
德行則天下順從其政言在上所以倡道訏謨定
命○遠猶辰告○訏大謨謀猶道辰時也箋云猶圖也大謀定命謂正月始和布政于邦國都鄙
也爲天下遠圖庶事而以歳時告施之敬慎威儀維民之則○箋云則法也○
其在于今興迷亂于政○顛覆厥德○荒湛于酒○箋云于今謂今
厲王也興猶尊尚也王尊尚小人迷亂於政事者以傾敗其功德荒廢其政事又湛樂於酒言愛小人之
甚女雖湛樂從○弗念厥紹○罔敷求先王○克共明刑○紹繼
共執刑法也箋云罔無也女君臣雖好樂嗜酒而相從不當念繼女之後人將傚女所爲無廣索先王之
道與能執法度之人求切責之也○肆皇天弗尚○如彼泉流○無淪胥

無下見明本作肯

以亾。淪，率也。箋云：肆，故今也。肯，皆也。王爲政如是，故今皇天不高尚之，所謂仍下災異也。王自絶於天，如泉水之流，稍就虛竭，無見率引爲惡，皆與之以亾。戒羣臣不中行者，將并誅之。夙興夜寐，洒埽廷内，維民之章。洒，灑。章，表也。箋云：章，文章法度也。厲王之時，不恤政事，故戒羣臣掌事者以此。修爾車馬，弓矢戎兵，用戒戎作，用逷蠻方。逷，遠也。箋云：湯當作剔。剔，治也。蠻方，蠻畿之外也。此時中國微弱，故復戒將率之臣，以治軍實，女當用此備兵事之起，用此治九州之外不服者。○質爾人民，謹爾侯度，用戒不虞。質，成也。不虞，非度也。箋云：侯，君也。此時萬民失職，亦不肯趨公事，故又戒鄉邑之大夫及邦國之君，平女萬民之事，慎女爲君之法度，用備不億度而至之事。慎爾出話，敬爾威儀，無不柔嘉。話，善言也。箋云：言謂敎令也。柔，安。嘉，善也。白圭之玷，尚可磨也；斯言

異本作輕

之玷不可爲也玷缺也箋云斯此也玉之缺尚可磨鑢而平人君政教一失誰能反覆之○無易由言無曰苟矣莫捫朕舌言不可逝矣莫無捫持也箋云由於逝往也女無輕易於教令無曰苟且如是今人無持我舌者而自聽恣也教令一往行於天下其過誤可得而已之乎無言不讎無德不報惠于朋友庶民小子讎用也箋云惠順也教令之出如賣物物善則其售賈貴物惡則其售賈賤德加於民民則以義報之王又當施順道於諸侯下及庶民之子弟子孫繩繩萬民靡不承繩繩戒也王之子孫敬戒行王之教令天下之民不承順之乎言承順也○視爾友君子輯柔爾顏不遐有愆輯和也箋云柔安遐遠也今視女諸侯及卿大夫皆脅肩諂笑以和安女顏色是於正道不遠有罪過乎言其近也相在爾室尚不愧于屋漏

無曰不顯莫予云覯。西北隅謂之屋漏覯見也箋云相助顯明也諸侯卿大夫助祭在女宗廟之室尚無肅敬之心不慙愧於屋漏有神見人之爲也女無謂是幽昧不明無見我者神見女矣屋小帳也漏隱也禮祭於奥既畢改設饌於西北隅而厞隱之處此祭之末也神之格思。不可度思矧可射思。格至也箋云矧況射厭也神之來至去止不可度知況可於祭末而有厭倦乎○辟爾爲德俾臧俾嘉淑慎爾止不愆于儀不僭不賊鮮不爲則女爲善則民爲善矣止至也爲人君止於仁爲人臣止於敬爲人子止於孝爲人父止於慈與國人交止於信僭差也箋云辟法也止容止也當審法度女之所施德使之爲民臣所善所美又當善慎女之容止不可過差於威儀女所行不僭不殘賊者少矣其不爲人所法投我以桃報之以李。箋云此言善往則善來人無行而不得其報也投猶擲也彼

言以一本作已

童而角實虹小子 童羊之無角者也而角自用也虹潰也箋云童羊譬王后也而角者喻與政事有所害也此人實潰亂小子之政禮天子未除喪稱小子○荏染柔木言緡之絲溫溫恭人維德之基 緡被也溫溫寬柔也箋云柔忍之木荏染然人則被之絃以爲弓寬柔之人溫溫然則能爲德之基止言內有其性乃可以有爲德也 其維哲人告之話言順德之行其維愚人覆謂我僭民各有心 話言古之善言也箋云覆猶反也僭不信也話賢知之人以善言則順行之告愚人反謂我不信民各有心二者意不同○於乎小子未知臧否匪手攜之言示之事匪面命之言提其耳 箋云臧善也於乎傷王不知善否我非但以手攜挈之親示以其事之是非我非但對面語之親提撕其耳此言以教道之孰不可啟覺 借曰未知亦既

抱子借假也箋云假令人云王尚幼少未有所知亦以抱子長大矣不幼少也民之靡盈
誰夙知而莫成莫晚也箋云萬民之意皆恃不滿於王誰早有所知而反晚成與言王之
無成本無知故也○昊天孔昭我生靡樂視爾夢夢我心慘
慘夢夢亂也慘慘憂不樂也箋云孔甚昭明也昊天乎乃甚明察我生無可樂也視王之意夢夢然我
心之憂悶慘慘然怨其自恣不肯用忠臣誨爾諄諄聽我藐藐匪用爲教
覆用爲虐○藐藐然不入也箋云我敎告王口語諄諄然王聽聆之藐藐然忽畧不用我所言爲
政令反謂之有所妨害於事不受忠言借曰未知亦聿既耄耄毛也○於
乎小子告爾舊止聽用我謀庶無大悔箋云舊久也止辭也庶幸
悔恨也天方艱難曰喪厥國箋云天以王爲惡如是故出艱難之事謂下災異生

兵寇將以滅亡

取譬不遠昊天不忒回遹其德俾民大棘 箋云今我爲王取譬喻不乃遠也維近耳王當如昊天之德有常不差忒也王反爲無常維邪其行爲貪暴使民之財匱盡而大困急

抑十二章三章章八句九章章十句

桑柔芮伯刺厲王也 芮伯畿內諸侯王卿士也字良夫

菀彼桑柔其下侯旬捋采其劉瘼此下民 興也菀茂盛貌旬言陰均也劉爆爍而希也瘼病也箋云桑之柔濡其葉菀然茂盛謂蠶始生時也人庇陰其下者均得其所及已捋采之則葉爆爍而疏人息其下則病於爆爍興者喻民當被王之恩惠羣臣恣放損王之德 不殄心憂倉兄填兮 倉喪也兄滋也填久也箋云殄絕也民心之憂無絕已喪亡之道滋

久長倬彼昊天，寧不我矜。昊天斥王者也。箋云：倬，明大貌。昊天乃倬然明大，而不矜哀下民，怨懟之言。

○四牡騤騤，旟旐有翩。亂生不夷，靡國不泯。騤騤，不息也。鳥隼曰旟，龜蛇曰旐。翩翩，在路不息也。夷，平。泯，滅也。箋云：軍旅久出征伐，而亂日生不平，無國而不見殘滅也。言王之用兵，不得其所，適長寇虐。民靡有黎，具禍以燼。黎，齊也。箋云：黎，不齊也。具，猶俱也。災餘曰燼。言時民無有不齊被兵寇之害者，俱遇此禍，以爲燼者，言害所及廣。於乎有哀，國步斯頻。步，行。頻，急也。箋云：頻，猶比也。哀哉國家之政，行此禍害比比然。

○國步蔑資，天不我將。靡所止疑，云徂何往。疑，定也。箋云：蔑，猶輕也。將，猶養也。徂，行也。國家爲政，行此輕蔑民之資用，是天不養我也。我從兵役，無有止息時，今復云行，當何之往也乎。君子實維，秉心無競。誰生厲階，至今爲

梗。競彊、厲惡、梗病也。箋云君子謂諸侯及卿大夫也其執心不彊於善而好以力爭誰始生此禍者乃

至今日相梗不止。○憂心慇慇念我土宇我生不辰逢天僤

怒自西徂東靡所定處。宇居、僤厚也。箋云辰時也此士卒從軍久勞苦自傷之言

多我覯痻孔棘我圉。圉垂也。箋云痻病也圉當作禦多矣我之遇困病甚急矣我之

禦寇。○為謀為毖亂況斯削。毖慎也。箋云女為軍旅之事謀為重慎兵事也而亂滋甚於此日見侵

削言其所任非賢。告爾憂恤誨爾序爵誰能執熱

逝不以濯。濯所以救熱也禮亦所以救亂也。箋云恤亦憂也逝猶去也我語女以憂天下之憂

教女以次序賢能之爵其為之當如手持熱物之用濯謂治國之道當用賢者。其何能淑載

胥及溺。箋云淑善胥相及與也女若云此於政事何能善乎則女君臣皆相與陷溺於禍難。○

如彼遡風亦孔之僾民有肅心荓云不逮好是稼穡力民代食遡鄉僾唈荓使也力民代食代無功者食天祿也箋云肅進逮及也今王之爲政見之使人唈然如鄉疾風不能息也王爲政民有進於善道之心當任用之反却退之使不及門但好任用是居家吝嗇於聚歛作力之人令代賢者處位食祿明王之法能治人者食於人不能治人者食人禮記曰與其有聚歛之臣寧有盜臣聚歛之臣害民盜臣害財稼穡維寶代食維好箋云此言王不尚賢但貴吝嗇之人與愛代食者而已○天降喪亂滅我立王降此蟊賊稼穡卒痒箋云滅盡也蟲食苗根曰蟊食節曰賊耕種曰稼收歛曰穡卒盡痒病也天下喪亂國家之災以窮盡我王所恃而立者謂蟊孽爲害五穀盡病哀恫中國具贅卒荒靡有旅力以念穹蒼贅屬荒虛也穹蒼蒼天箋云恫痛也哀恫乎中

明本災下脫害者與二字

國之人皆見繫屬於兵役家家空虛朝廷曾無有同力諫諍念天所為下此災害者與○維此惠君民之所瞻秉心宣猶考慎其相相質也箋云惠順宣徧猶謀慎誠相助也維至德順民之君為百姓所瞻仰者乃執正心舉事徧謀於衆又考誠其輔相之行然後用之言擇賢之審維彼不順自獨俾臧自有肺腸俾民卒狂箋云臧善也彼不施順道之君自多足獨謂賢言其所任使之臣皆非善人也不復考慎自有肺腸行其心中之所欲乃使民盡迷惑如狂是又不宜猶○瞻彼中林甡甡其鹿朋友已譖不胥以穀甡甡衆多也箋云譖不信也胥相也以猶與也穀善也覗彼林中其鹿相輩耦行甡甡然衆多今朝廷羣臣皆相欺背不相與以善道言其鹿之不如人亦有言進退維谷谷窮也箋云前無明君却迫罪役故窮也○維此聖人瞻言百里維

彼愚人覆狂以喜。瞻言百里，遠慮也。箋云：聖人所視而言者百里，言見事遠而王不用。有愚闇之人為王言其事淺且近耳，王反迷惑信用之而喜。

匪言不能，胡斯畏忌。箋云：胡之言何也。賢者見此事之是非，非不能分別皁白言之於王也，然不言之何也？此畏懼犯顏得罪罰。

○維此良人，弗求弗迪。維彼忍心，是顧是復。迪，進也。箋云：良，善也。國有善人，王不求索，不進用之；有忍為惡之心者，王反顧念而重復之。言其忽賢者而愛小人。

民之貪亂，寧為荼毒。箋云：貪猶欲也。天下之民苦王之政，欲其亂亡，故安為苦毒之行，相侵暴慍恚使之然。

○大風有隧，有空大谷。隧，道也。箋云：西風謂之大風。大風之行，有所從而來，必從大空谷之中。喻賢愚之所行，各由其性。

維此良人，作為式穀。維彼不順，征以中垢。中垢，言闇冥也。箋云：作，起。式，用。征，行也。賢者在朝則用其善道不順之人則行闇冥受性於天不可變也○大風有隧。貪人敗類。聽言則對。誦言如醉。類善也箋云類等夷也對答也貪惡之人見道聽之言則應答之見誦詩書之言則冥臥如醉居上位而行此人或效之匪用其良。覆俾我悖。覆反也箋云居上位而不用善人反使我為悖逆之行是形其敗類之驗○嗟爾朋友。予豈不知而作。如彼飛蟲。時亦弋獲。箋云嗟爾朋友者親而切磋之也而猶女也我豈不知女所行者惡與直知之女所行如是猶鳥飛行自恣東西南北時亦為弋射者所得言放縱久無所拘制則將遇伺女之間者得誅女也既之陰女。反予來赫。赫炙也箋云之往也口距人謂之赫我恐女見弋獲既往覆陰女謂啓告之以患難也女反赫我出言悖怒不受忠告○民之罔極。職涼善背。涼薄也箋云職主涼信也民之行失其中者主由為政者信用小人工相欺違爲民不利如云不克箋云克勝也爲政者害民如恐不得其勝言至酷也民之回遹職競用力箋云競逐也言民之行維邪者主由爲政者逐用彊力相尚故也言民愁困用生多端○民之未戾職盜爲寇戾定也箋云爲政者主作盜賊爲寇害令民心動搖不安定也涼曰不可覆背善詈箋云善猶大也我諫止之以信言女所行者不可反背我而大詈言距己諫之甚雖曰匪予既作爾歌箋云予我也女雖觝距己言此政非我所爲我已作女所行之歌女當受之而改悔耳

桑柔十六章八章章八句八章章六句

雲漢仍叔美宣王也宣王承厲王之烈內有撥亂之志遇烖而懼側身脩行欲銷去之天下喜於王化復

精誠明本作精神

行。百姓見憂故作是詩也。仍叔周大夫也春秋魯桓公五年夏天王使仍叔之子來聘烈餘也

倬彼雲漢昭回于天。回轉也箋云雲漢謂天河也昭光也倬然天河水氣也精光轉運於天時旱渴雨故宣王夜仰視天河望其候焉

王曰於乎何辜今之人。天降喪亂饑饉薦臻。薦重臻至也箋云辜罪也王憂旱而嗟歎云何罪與今時天下之人天仍下旱災亾亂之道饑饉之害復重至也

靡神不舉靡愛斯牲圭璧既卒寧莫我聽。箋云靡莫皆無也言王為旱之故求於羣神無不祭也無所愛於三牲禮神之圭璧又已盡矣曾無聽聆我之精誠而興雲雨○

旱既太甚蘊隆蟲蟲。蘊蘊而暑隆隆而雷蟲蟲而熱箋云隆隆而雷非雨雷也雷聲尚殷殷然

不殄禋祀自郊徂宮。

今明本作幸

上下奠瘞靡神不宗。上祭天下祭地奠其禮瘞其物宗尊也國有凶荒則索鬼神而祭之箋云宮宗廟也爲旱故潔祀不絶從郊而至宗廟奠瘞天地之神無不齊肅而尊敬之言徧至也后稷不克上帝不臨耗斁下土寧丁我躬。丁當也箋云克當作刻刻識也斁敗也奠瘞羣神而不得雨是我先祖后稷不識知我之所困與天不視我之精誠與猶以旱耗敗天下爲害曾使當我之身有此乎先后稷後上帝亦從宮至郊○旱既太甚則不可推。兢兢業業如霆如雷。周餘黎民靡有孑遺。推去也兢兢恐也業業危也孑然無遺失也箋云黎衆也旱既不可移去天下困於饑饉皆心動意懼兢兢然業業然狀如有雷霆近發於上周之衆民多有死亡者矣今其餘無有孑遺者言又餓病也昊天上帝則不我遺。胡不相畏先祖于摧。摧至也箋云摧當作嗺嗺嗟也天將

毛詩 卷十八 蕩

天明本作炎

遂旱餓殺我與先祖何不助我恐懼使天雨乎先祖之神于嗟乎告困之辭○旱既大甚

則不可沮赫赫炎炎云我無所大命近止靡瞻靡顧沮止也赫赫旱氣也炎炎熱氣也大命近止民近死亾也箋云旱既不可卻止熱氣大盛人皆不堪言我無所芘蔭而處衆民之命近將死亾天曾無所視無所顧於此國中而哀閔之羣公先正則

不我助父母先祖胡寧忍予先正百辟卿士也先祖文武爲民父母也箋云百辟卿士雩祀所及者今曾無肯助我憂旱先祖文武又何爲施忍於我不使天雨○旱既太

甚滌滌山川旱魃爲虐如惔如焚我心憚暑憂心如

熏滌滌旱氣也山無木川無水魃旱神也惔燎之也熏憚勞熏灼也箋云憚猶畏也旱既害於山川矣其氣生魃而害益甚艸木燋枯如見焚燎然王心又畏難此熱氣如見灼爛於火言熱氣至極羣公

為政一本作於政

先正則不我聞昊天上帝寧俾我遯〔箋〕云不我聞者忽然不聽我之所言也天何曾將使我心遯遯慙愧於天下以無德也○旱既太甚黽勉畏去胡寧瘨我以旱憯不知其故〔箋〕云瘨病也黽勉急禱請也欲使所尤畏者去所尤畏者魃也天何曾病我以旱曾不知為政所失而致此害○祈年孔夙方社不莫昊天上帝則不我虞敬恭明神宜無悔怒悔恨也〔箋〕云虞度也我祈豐年甚早祭四方與社又不晚天曾不度知我心肅事明神如是明神宜不恨怒於我我何由當遭此旱也○旱既太甚散無友紀鞫哉庶正疚哉冢宰趣馬師氏膳夫左右歲凶年穀不登則趣馬不秣師氏弛其兵馳道不除祭事不縣膳夫徹膳左右布而不脩大夫不食粱士飲酒不樂〔箋〕云人君以羣臣為友散無其友紀者凶年祿餼不足又

無賞賜也鞫窮也庶正衆官之長也疚病也窮哉病哉者念此諸臣勤於事而困於食以此言勞倦也

靡人不周無不能止也周救也無不能止言無止不能箋云周當作賙王以諸臣困於食人人賙給之權救其急後日乏無不能豫止

瞻卬昊天云如何里箋云里憂也王愁悶於不雨但仰天曰天當如我之憂何乎

○瞻卬昊天有嘒其星大夫君子昭假無贏大命近止無棄爾成嘒衆星貌假至也箋云假升也王仰天見衆星順天而行嘒嘒然意感故謂其卿大夫曰天之光耀升行不休無自贏緩之時今衆民之命近將死亡勉之助我無棄女之成功言成功者若其在職復無幾何以勸之也

何求爲我以戾庶正戾定也箋云使女無棄成功者何但求爲我身乎乃欲以安定衆官之長憂其職事

瞻卬昊天曷惠其寧箋云曷何也王仰天曰當何時順我之求令我心安乎渴

之宋本作之時

雨之至也得雨則心安

雲漢八章章十句

崧高尹吉甫美宣王也天下復平能建國親諸侯褒賞申伯焉尹吉甫申伯皆周之卿士也尹官氏申國名

崧高維嶽駿極于天維嶽降神生甫及申崧高貌山大而高曰嵩嶽四嶽也東嶽岱南嶽衡西嶽華北嶽恒堯之時姜氏爲四伯掌四嶽之祀述諸侯之職於周則有甫有申有齊有許也駿大極至也嶽降神靈和氣以生申甫之大功箋云降下也四嶽卿士之官掌四時者也因主方嶽巡守之事在堯時姜姓爲之德當嶽神之意而福興其子孫歷虞夏商世有國土周之甫也申也齊也許也皆其苗胄維申及甫維周之翰四國于蕃四方于

其意明本作其宅

宣翰幹也箋云申申伯也甫甫侯也皆以賢知入爲
周之楨幹之臣四國有難則往扞禦之爲之蕃屏
四方恩澤不至則往宣暢之甫侯相穆
王訓夏贖刑美此俱出四嶽故連言之○亹亹申伯
王纘之事于邑于謝南國是式謝周之南國也箋云
亹亹勉也纘繼于往
于於式法也亹亹然勉於德不倦之臣有申伯以賢
入爲王之卿士佐王有功王又欲使繼其故諸侯之
事往作邑於謝南方之國皆統理施其
法度時改大其邑使爲侯伯故云然王命召伯定
申伯之宅登是南邦世執其功召伯召公也登成也
功事也箋云之往也
申伯忠臣不欲離王室故王使召公定其意令往
居謝成法度於南邦世世持其政事傳子孫也○
王命申伯式是南邦因是謝人以作爾庸庸城也箋
云庸功也
召公既定申伯之居王乃親命之使爲法度於南邦
今因是故謝邑之人而爲國以起女之功勞言尤章

顯也王命召伯徹申伯土田徹治也箋云治者正其井牧定其賦稅王命
傅御遷其私人御治事之官也私人家臣也箋云傳御者貳王治事謂冢宰也○申
伯之功召伯是營有俶其城寢廟既成俶作也箋云申伯居謝之
事召公營其位而作城郭及寢廟定其人神所處既成藐藐王錫申伯四牡
蹻蹻鉤膺濯濯藐藐美貌蹻蹻壯貌鉤膺樊纓也濯濯光明也箋云召公營位築邑之事
已成以形貌告於王王乃賜申伯為將遣之○王遣申伯路車乘馬我圖
爾居莫如南土○乘馬四馬也箋云王以正禮遣申伯之國故復有車馬之賜因告之曰我
謀女之所處無如南土之最善錫爾介圭以作爾寶寶瑞也箋云圭長尺二寸謂之
介圭非諸侯之圭故以為寶諸侯之瑞圭自九寸而下往近王舅南土是保近已

也申伯宣王之舅也箋云近辭也聲如彼記之子之記保守也安也○申伯信邁王餞于郿郿地名箋云邁行也申伯之意不欲離王室王告語之復重於是意解而信行餞送行飲酒也時王蓋省岐周故于郿云申伯還南謝于誠歸箋云還南者北就王命于岐周而還反也謝于誠歸誠歸于謝王命召伯徹申伯土疆以峙其粻式遄其行箋云粻糧式用遄速也王使召公治申伯土界之所至峙其糧者令廬市有止宿之委積用是速申伯之行○申伯番番既入于謝徒御嘽嘽番番勇武貌諸侯有大功則賜虎賁徒御嘽嘽徒行者御車者嘽嘽喜樂也箋云申伯之貌有威武番番然其入謝國車徒之行嘽嘽然安舒言得禮也禮入國不馳周邦咸喜戎有良翰箋云周徧也戎猶女也翰幹也申伯入謝徧邦內皆喜曰女乎有善君也相慶之言不顯申伯王之元舅

文武是憲不顯申伯顯矣申伯也文武是憲言有文有武也箋云憲表也言爲文武之表式

○申伯之德柔惠且直揉此萬邦聞于四國箋云揉順也四國猶言四方也吉甫作誦其詩孔碩其風肆好以贈申伯吉甫尹吉甫也作是工師之誦也肆長也贈增也箋云碩大也吉甫爲此誦也言其詩之意甚美大風切申伯又使之長行善道以此贈申伯者送之令以爲樂

崧高八章章八句

烝民尹吉甫美宣王也任賢使能周室中興焉

天生烝民有物有則民之秉彝好是懿德烝衆物事則法彝常懿美也箋云秉執也天之生衆民其性有物象謂五行仁義禮知信也其情有所法謂喜怒哀樂好惡也

然而民所執持有常道、莫不好有美德之人天監有周昭假于下保茲天子生仲山甫仲山甫樊侯也箋云監視假至也天視周王之政教其光明乃至于下謂及衆民也天安愛此天子宣王故生此樊侯仲山甫使佐之言天亦好是懿德也書曰天聰明自我民聰明○仲山甫之德柔嘉維則令儀令色小心翼翼箋云嘉美令善也善威儀善顏色容貌翼翼然恭敬古訓是式威儀是力天子是若明命使賦古故訓道若順賦布也箋云故訓先王之遺典也式法也力猶勤也勤威儀者恪居官次不解于位也是順從行其所爲也顯明王之政教使羣臣施布之○王命仲山甫式是百辟纘戎祖考王躬是保戎大也箋云戎猶女躬身也王曰女施行法度於是百君繼女先祖先父始見命者之功德王身是安使盡心力於王室出納王命王之喉舌。賦政于外。四方爰發。喉舌冢宰也。箋云出王命者王口所自言承而施之也。納王命者時之所宜復於王也。其行之也皆奉順其意。如王口喉舌親所言也。以布政於畿外。天下諸侯於是莫不發應。○肅肅王命。仲山甫將之。邦國若否。仲山甫明之。將行也。箋云肅肅敬也。言王之政教甚嚴敬也。仲山甫則能奉行之。若順也。順否猶臧否。謂善惡也。既明且哲。以保其身。夙夜匪解。以事一人。箋云夙早夜莫匪非也。一人斥天子。○人亦有言。柔則茹之。剛則吐之。箋云柔猶濡毳也。剛堅彊也。剛柔之在口。或茹之或吐之。喻人之於敵彊弱。維仲山甫柔亦不茹。剛亦不吐。不侮矜寡。不畏彊禦。○人亦有言。德輶如毛。民鮮克舉之。我儀圖之。儀宜也。箋云輶輕。儀匹也。人之言云

德甚輕然而衆人寡能獨舉之以行者言政事易耳
而人不能行者無其志也我與倫匹圖之而未能爲
也我吉甫自我也 維仲山甫舉之。愛莫助之。愛隱也箋云愛惜也仲山甫能
獨舉此德而行之惜乎莫能助之者多仲山甫之德歸功言耳 衮職有闕維仲山甫
補之。有衮冕者君之上服也仲山甫補之善補過也箋云衮職者不敢斥王之言也王之職有闕輙
能補之者仲山甫也 ○仲山甫出祖。四牡業業。征夫捷捷。每懷
靡及。言述職也業業言高大也捷捷言樂事也箋云祖者將行犯軷之祭也懷私爲每懷仲山甫犯
軷而將行車馬業業然動衆征夫捷捷然至仲山甫則戒之曰既受君命當速行每人懷其私而相稽畱
將無所及於事 四牡彭彭。八鸞鏘鏘。王命仲山甫城彼東方
東方齊也古者諸侯之居逼隘則王者遷其邑而定其居蓋太公薄姑而遷於臨菑也箋云彭彭行貌鏘鏘

一本有之

鳴聲。以此車馬命仲山甫使行，言其盛也。○四牡騤騤，八鸞喈喈。仲山甫徂齊，式遄其歸。騤騤猶彭彭也。喈喈猶鏘鏘也。遄，疾也。言周之望仲山甫也。箋云：望之，故欲其用是疾歸。吉甫作誦，穆如清風。仲山甫永懷，以慰其心。清微之風，化養萬物者也。箋云：穆，和也。吉甫作此工歌之誦，其調和人之性，如清風長養萬物然。仲山甫述職，多所思而勞，故述其美以慰安其心。

烝民八章，章八句。

韓奕，尹吉甫美宣王也。能錫命諸侯。梁山，於韓國之山最高大，爲國之鎮，所望祀焉。故美大其貌，奕奕然，謂之韓奕也。梁山今在左馮翊夏陽西北。韓，姬姓之國也，後爲晉所滅，故大夫韓氏以爲邑名焉。幽王九年，王室始騷，鄭桓公問於史伯曰：周衰，其孰興乎？對曰：武實昭文之

本其下無在字

功文之祚盡武其嗣乎武王之子應韓不在其在晉乎

奕奕梁山維禹甸之有倬其道韓侯受命奕奕大也甸治也禹治梁山除水災宣王平大亂命諸侯有倬其道有倬然之道者也受命受命爲侯伯也箋云梁山之野堯時俱遭洪水禹甸之者決除其災使成平田定貢賦於天子周有厲王之亂天下失職今有倬然著明復禹之功者韓侯受王命爲諸侯王親命之纘戎祖考無廢朕命夙夜匪解虔共爾位戎大虔固共執也箋云戎猶女也朕我也古之恭字或作共朕命不易榦不庭方以佐戎辟庭直也箋云我之所命者勿改易不行當爲不直違失法度之友作楨榦而正平之以佐助女君女君王自謂也

○四牡奕奕孔脩且張韓侯入覲以其介圭入覲于王脩長張大覲見也箋云諸侯秋見天

子曰覲韓侯乘長大之四牡奕奕然以時覲於宣王
覲於宣王而奉享禮貢國所出之寶善其尊宣王以
常職來也書曰黑水西河其貢璆琳琅玕 王錫韓侯
以此覲王乃受命先言受命者顯其美也
淑旂綏章簟茀錯衡玄衮赤舄鉤膺鏤鍚鞹鞃淺幭
鞗革金厄○俶善也交龍爲旂綏大綏也錯衡文衡也
鏤鍚有金鏤其鍚也鞹革也鞃軾中也淺
虎皮淺毛也幭覆式也厄烏蠋也箋云王爲韓侯以
常職來朝享之故故多錫以厚之善旂旂之善色者
也綏所引以登車有采章也簟茀漆簟以爲車蔽今
之藩也鉤膺樊纓也眉上曰鍚刻金飾之今當盧也
鞗革謂轡也以金爲
小環往往纏搤之 ○韓侯出祖出宿于屠顯父餞
之清酒百壺○屠地名也顯父有顯德者也箋云祖將
去而祀軷也既覲而反國必祖者尊其
所往去則如始行焉祖於國外畢乃出宿示行
不留於是也顯父周之公卿也餞送之故有酒 其殽

維何。炰鼈鮮魚。其蔌維何。維筍及蒲。其贈維何。乘馬路車。蔌菜殽也。筍竹也。蒲蒲蒻也。箋云炰鼈以火熟之也。鮮魚中膾者也。筍竹萌也。蒲深蒲也。贈送也。王既使顯父餞之。又使送以車馬。所以贈厚意也。人君之車曰路車。所駕之馬曰乘馬。籩豆有且。侯氏燕胥。箋云且多貌。胥皆也。諸侯在京師未去者。於顯父餞之時。皆來相與燕。其籩豆且然。榮其多也。○韓侯取妻。汾王之甥。蹶父之子。汾大也。蹶父卿士也。箋云汾王厲王也。厲王流于彘。彘在汾水之上。故時人因以號之。猶言莒郊公。黎比公也。姉妹之子為甥。王之甥。卿士之子。言尊貴也。韓侯迎止。于蹶之里。百兩彭彭。八鸞鏘鏘。不顯其光。里邑也。箋云于蹶之里。蹶父之里。百兩乘。不顯顯也。光猶榮也。氣有榮光也。諸娣從之。祁祁如雲。韓侯顧之。爛其盈門。祁祁徐靚也。如

云言衆多也諸侯一取九女二國媵之諸娣衆妾也顧之曲顧道義也箋云媵者必娣姪從之獨言娣者
舉其貴者爛爛粲然鮮明且衆多之貌○蹶父孔武靡國不到爲韓姞
相攸莫如韓樂○姞蹶父姓也箋云相視攸所也蹶父甚武健爲王使於天下國國皆至爲
其女韓侯夫人姞氏視其所居韓國最樂孔樂韓土○川澤訏訏魴鱮甫甫○
麀鹿噳噳○有熊有羆○有貓有虎○訏訏大也甫甫然大也噳噳然衆多也貓
似虎淺毛者也箋云甚樂矣韓之國土也川澤寬大衆魚禽獸備有言饒富也慶既令居韓
姞燕譽○箋云慶善也蹶父既善韓之國土使韓姞嫁爲而居之韓姞則安之盡其婦道有顯譽
○溥彼韓城○燕師所完師衆也箋云溥大燕安也大矣彼韓國之城乃古平安時
衆民之所築完以先祖受命○因時百蠻○王錫韓侯○其追其貊○

奄受北國，因以其伯。韓侯之先祖武王之子也。因時百蠻長是蠻服之百國也。追貊戎狄國也。奄，撫也。箋云：韓侯先祖有功德者，受先王之命，封爲韓侯，居韓城，爲侯伯。其州界外接蠻服，因見使時節百蠻貢獻之往來。後君微弱，用失其業。今王以韓侯先祖之事如是，而韓侯賢，故於是入覲，使復其先祖之舊職，賜之蠻服追貊之戎狄，令撫柔其所受王畿北面之國，因以其先祖侯伯之事盡予之，皆美其爲人子孫能興復先祖之功。其後追也、貊也，爲玁狁所逼，稍稍東遷。

實墉實壑。實畝實籍。實墉實壑，言高其城，深其壑也。箋云：實當作寔，趙魏之東，實寔同聲。寔，是也。籍，稅也。韓侯之先祖微弱，所受之國多滅絕，今復舊職，興滅國，繼絕世，故築治是城，濬脩是壑，井牧是田畝，收斂是賦稅，使如故常。

獻其貔皮，赤豹黃羆。貔，猛獸也。追貊之國來貢，而侯伯總領之。

韓奕六章，章十二句。

江漢尹吉甫美宣王也能興衰撥亂命召公平淮夷

召公召穆公也名虎

江漢浮浮武夫滔滔匪安匪遊淮夷來求浮浮衆彊貌滔滔廣大貌淮夷東國在淮浦而夷行也箋云匪非也江漢之水合而東流浮浮然宣王於是水上命將率遣士衆使循流而下滔滔然其順王命而行非敢斯須自安也非敢斯須止遊也主爲來求淮夷所處據至其境故言來既出我車既設我旟匪安匪舒淮夷來鋪鋪病也箋云車戎車也鳥隼曰旟兵至竟而期戰地其日出戎車建旟又不自安不舒行者主爲來伐討淮夷也據至戰地故又言來○江漢湯湯武夫洸洸經營四方告成于王洸洸武貌箋云召公既受命伐淮夷服之復經營四方之叛國從而伐之克勝則使傳遽告功於王

四方既平。王國庶定。時靡有爭。王心載寧。箋云庶幸
時是也載
之言則也召公忠臣順
於王命此述其志也 ○江漢之滸。王命召虎。式辟
四方。徹我疆土。匪疚匪棘。王國來極。召虎召穆公也
箋云滸水涯也
式法疚病棘急極中也王於江漢之水上命召公使
以王命征伐開辟四方治我疆界於天下非可以兵
病害之也非可以兵急躁切之也使來於王國受政
敎之中正而已齊桓公經陳鄭之閒及伐北戎則違
此言
者 于疆于理。至于南國。箋云于往也于於也召公
於有叛戾之國則往正其
境界脩其分理周行四方至
於南海而功大成事終也 ○王命召虎。來旬來宣。
文武受命。召公維翰。旬徧也召公召康公也 箋云來
勤也旬當作營宣徧也召康公
名奭召虎之始祖也王命召虎女勤勞於經營四方
女勤勞於徧疆理衆國昔文王武王受命召康公爲

之楨榦之臣以正天下爲虎之勤勞故述其祖之功以勸之 無曰予小子召公是似肇敏戎公用錫爾祉似嗣肇謀敏疾戎大公事也箋云戎猶女也女無自減損曰我小子女之所爲乃嗣女先祖召康公之功今謀女之事乃有敏德我用是故將賜女福慶也王爲虎之志大謙故進之云爾 ○釐爾圭瓚秬鬯一卣告于文人釐賜也秬黑黍也鬯香艸也築煮合而鬱之曰鬯卣器也九命錫圭瓚秬鬯文人文德之人也箋云秬鬯黑黍酒也謂之鬯者芬香條鬯也王賜召虎以鬯酒一罇使以祭其宗廟告其先祖諸侯有德美見記者 錫山土田于周受命自召祖命諸侯有大功德賜之名山土田附庸箋云周岐周也自用也宜王欲尊顯召虎故如岐周使虎受山川與土田之賜命用其祖召康公受封之禮岐周周之所起爲其先祖之靈故就之 虎拜稽首天子萬年箋云拜稽首者受王命策書也臣受

恩無可以報謝者稱言使君壽考而已○虎拜稽首對揚王休作召公考
天子萬壽明明天子令聞不已矣其文德洽此四國
對遂考成矢施也箋云對答休美作爲也虎既拜而答王策命之辭稱揚王之德美君臣之言宜相成也
王命召虎用召祖命故虎對王亦爲召康公受王命之時對成王命之辭謂如其所言也如其所言者天
子萬壽以下是也

江漢六章章八句

常武召穆公美宣王也有常德以立武事因以爲戒
然戒者王舒保作匪紹匪遊徐方繹騷
赫赫明明王命卿士南仲大祖大師皇父整我六師

以脩我戎赫赫然盛也明明然察也王命南仲於大祖皇甫為大師箋云南仲文王時武臣也顯著乎昭察乎宣王之命卿士為大將也乃用其以南仲為大祖者今大師皇父是也使之整齊六軍之衆治其兵甲之事命將必本其祖者因有世功於是尤顯大師者公兼官也既敬既戒惠此南國箋云敬之言警也警戒六軍之衆以惠淮浦之旁國謂勑以無暴掠為之害也每軍各有將中軍之將尊也○王謂尹氏命程伯休父左右陳行戒我師旅率彼淮浦省此徐土尹氏掌命卿士程伯休父始命為大司馬浦涯也箋云尹氏天子世大夫也率循也王使大夫尹氏策命程伯休父於六軍將行治兵之時使其士衆左右陳列而勑戒之使循彼淮浦之旁省視徐國之土地叛逆者軍禮司馬掌其誓戒不留不處三事就緒誅其君弔其民為之立三有事之臣箋云緒業也王又使軍將豫告淮浦徐土之民云不

久處於是也女三農之事皆就○赫赫業業有嚴天
其業爲其驚怖先以言安之
子王舒保作匪紹匪遊徐方繹騷赫赫然盛也業業然動也嚴然而威
舒徐也保安也匪紹匪遊不敢繼以敖遊也繹陳騷
動也箋云作行也紹緩也繹當作驛王之軍行其貌
赫赫業業然有尊嚴於天子之威謂聞見者莫不憚
之王舒安謂軍行三十里亦非解緩也亦非敖遊也
徐國傳遽之驛見之知王震驚徐方如雷如霆徐方
兵必克馳走以相恐動
震驚箋云震動也驛馳走相恐懼以驚動徐國如
雷霆之恐怖人然徐國則驚動而將服罪○
王奮厥武如震如怒進厥虎臣闞如虓虎鋪敦淮濆○
仍執醜虜虎之自怒虓然濆涯仍就虜服也箋云進
前也敦當作屯醜衆也王奮揚其威武而
震雷其聲而勅怒其色前其虎臣之將闞然如虎之
怒陳屯其兵於淮水大防之上以臨敵就執其衆之

靚一本作靜

降服者也。截彼淮浦，王師之所。截，治也。箋云：治淮之旁國有罪者，就王師而斷之。

〇王旅嘽嘽，如飛如翰，如江如漢，如山之苞，如川之流。嘽嘽然，盛也。疾如飛，摯如翰。苞，本也。箋云：嘽嘽，閑暇有餘力之貌。其行疾，自發舉，如鳥之飛也。翰，其中豪俊也。江漢以喻盛大也，山本以喻不可驚動也，川流以喻不可禦也。緜緜翼翼，不測不克，濯征徐國。緜緜，靚也。翼翼，敬也。濯，大也。箋云：王兵安靚且皆敬，其勢不可測度，不可攻勝，既服淮浦矣，今又以大征徐國，言必勝也。

〇王猶允塞，徐方既來。猶，謀也。箋云：猶，尚；允，信也。王重兵，兵雖臨之，尚守信自實滿，兵未陳而徐國已來告服，所謂善戰者不陳。徐方既同，天子之功。四方既平，徐方來庭。來王庭也。徐方不回，王曰還歸。箋云：回，猶違也。還歸，振旅也。

常武六章章八句。

瞻卬，凡伯刺幽王大壞也。凡伯，天子大夫也。春秋魯隱公七年冬，天王使凡伯來聘。

瞻卬昊天，則不我惠。孔填不寧，降此大厲。昊天，斥王也。塡，久。厲，惡也。箋云：惠，愛也。仰視幽王爲政，則不愛我下民，甚久矣。天下不安，王乃下此大惡以敗亂之。邦靡有定，士民其瘵。蟊賊蟊疾，靡有夷屆。罪罟不收，靡有夷瘳。瘳，病。夷，常也。罪罟，設罪以爲罟。瘳，愈也。箋云：屆，極也。天下騷擾，邦國無有安定者，士卒與民皆勞病。其爲殘酷痛疾於民，如蟊賊害於禾稼然，爲之無常，亦無止息時。施刑罪以羅網天下而不收斂，爲之亦無常，無止息時。此自王所下大惡。○人有土田，女反有之。人有民人女覆奪之箋云此言王削黜諸侯及卿大夫無罪者覆猶反也此宜無罪女反收之彼宜有罪女覆說之收拘收也說赦也哲夫成城哲婦傾城哲知也箋云哲謂多謀慮也城猶國也丈夫陽也陽動故多謀慮則成國婦人陰也陰靜故多謀慮乃亂國○懿厥哲婦爲梟爲鴟箋云懿有所痛傷之聲也厥其也其幽王也梟鴟惡聲之鳥喻襃姒之言無善婦有長舌維厲之階亂匪降自天生自婦人匪教匪誨時維婦寺寺近也箋云長舌喻多言語是王降大厲之階階所由上下也今王之有此亂政非從天而下但從婦人出耳又非有人敎王爲亂語王爲惡者是惟近愛婦人用其言故也○鞫人忮忒譖始竟背豈曰不極伊胡爲慝忮害忒變也箋云鞫窮也譖不信也竟猶終也胡何慝惡也婦人之長舌者多謀慮好窮

屈人之語忮害轉化其言無常始於不信終於背違人豈謂其是不得中乎反云維我言何用爲惡不信也

如賈三倍君子是識婦無公事休其蠶織休息也婦人無與外政雖王后猶以蠶織爲事古者天子爲藉千畝冕而朱紘躬秉耒耜諸侯爲藉百畝冕而青紘躬秉耒耜以事天地山川社稷先古敬之至也天子諸侯必有公桑蠶室近川而爲之築宮仞有三尺棘牆而外閉之及大昕之朝君皮弁素積卜三宮之夫人世婦之吉者使入蠶于蠶室奉種浴于川桑于公桑風戾以食之歲既單矣世婦卒蠶奉繭以示于君遂獻繭于夫人夫人曰此所以爲君服與遂副禕而受之少牢以禮之及良日后夫人繅三盆手遂布于三宮夫人世婦之吉者使繅遂朱綠之玄黃之以爲黼黻文章服既成矣君服之以祀先王先公敬之至也箋云識知也賈物而有三倍之利者小人所宜知也君子反知之非其宜也今婦人休其蠶桑織紝之職而與朝廷之事其爲非宜亦猶是也孔子曰君子喻於義小

人、喻於利。○天何以刺、何神不富。舍爾介狄、維予胥忌。刺、責。富、福。狄、遠。忌、怨也。箋云、介、甲也。王之爲政既無過惡、天何以責王見變異乎、神何以不福王而有災害也。王不念此而改脩德、乃舍女被甲夷狄來侵犯中國者、反與我相怨、謂其疾怨羣臣叛違也。不弔不祥、威儀不類。人之云亡、邦國殄瘁。類、善。殄、盡。瘁、病也。箋云、弔、至也。王之爲政德不能至於天矣、不能致徵祥於神矣、威儀又不善於朝廷矣。賢人皆言奔亡、則天下邦國將盡困病。○天之降罔、維其優矣。人之云亡、心之憂矣。優、渥也。箋云、優、寬也。天下羅罔以取有罪、亦甚寬、謂但以災異譴告之、不指加罰於其身、疾王爲惡之甚、賢者奔亡則人心無不憂。天之降罔、維其幾矣。人之云亡、心之悲矣。幾、危也。箋云、幾、近也。言災異譴告離人身近、愚者不能覺。○觱沸檻泉、維其深矣。

心之憂矣寧自今矣不自我先不自我後箋云檻泉正出涌出也觱沸出貌涌泉之源所由者淺喻己憂所從來久也惡政不先己不後己怪何故正當之藐藐

昊天無不克鞏藐藐大貌鞏固也箋云藐藐美也王者有美德藐藐然無不能自堅固於其位者微箴之也

無忝皇祖式救爾後箋云式用也後謂子孫也

瞻卬七章三章章十句四章章八句

召旻凡伯刺幽王大壞也旻閔也閔天下無如召公之臣也閔病也

旻天疾威天篤降喪瘨我饑饉民卒流亡箋云天斥王也疾猶急也瘨病也病乎幽王之為政也急行暴虐之法厚下蟊亂之教時謂重賦稅也病國中以饑饉令民盡

流移。我居圉卒荒。圉垂也。箋云荒虛也。國中至邊境以此故盡空虛。○天降罪罟蟊賊內訌。訌潰也。箋云訌爭訟相陷入之言也。王施刑罪以羅罔天下衆爲殘酷之人雖外以害人又自內爭相讒惡。昏椓靡共潰潰回遹實靖夷我邦。椓夭椓也。潰潰亂也。靖謀夷平也。箋云昏椓皆奄人也。昏其官名也。椓椓毀陰者也。王遠賢者而近任刑奄之人無肯共其職事者皆潰潰然維邪是行皆謀夷滅王之國。○皐皐訿訿曾不知其玷。皐皐頑不知道也。訿訿窳不供事也。箋云玷缺也。王政已大壞小人在位曾不知大道之缺。兢兢業業孔塡不寧我位孔貶。貶隊也。箋云兢兢戒也。業業危也。天下之人戒懼危怖甚久矣。其不安也。我王之位又甚隊矣。言見侵侮政教不行後犬戎伐之而周與諸侯無異。○如彼歲旱艸不潰茂如彼棲苴。潰遂也。苴水中浮艸也。箋云潰茂之潰當作彙彙茂貌王無恩惠於天下天下之人如旱歲之艸皆枯槁無潤澤如樓上之棲苴我相此邦無不潰止箋云潰亂也無不亂者言皆亂也春秋傳曰國亂曰潰邑亂曰叛○維昔之富不如時往者富仁賢今也富讒佞箋云富福也時今時也維今之疚不如茲今則病賢也箋云茲此也此者此古昔明王彼疏斯粺胡不自替職兄斯引彼宜食疏今反食精粺替廢兄茲也引長也箋云疏麤也謂糲米也職主也彼賢者祿薄食麤而此昏椓之黨反食精粺女小人耳何不自廢退使賢者得進乃茲復主長此為亂之事乎責之也米之率糲十粺九鑿八侍御七○池之竭矣不云自頻頻厓也箋云頻當作濱濱厓猶外也自由也池水之益由外灌焉今池竭人不言由外無益者與言由之也喻王猶池也政之亂由外無賢臣益之泉之竭矣不云自中泉水從中以益者也箋云泉者中水

生則益湊水不生則竭喻王猶泉也政之亂又由內無賢妃益之溥斯害矣。職兄斯弘。不烖我躬。箋云溥猶徧也今時徧有此內外之害矣乃茲復主大此為亂之事是不烖王之身乎責王也烖謂見誅伐○昔先王受命。有如召公。日辟國百里。今也日蹙國百里。辟開蹙促也箋云先王受命謂文王武王時也召公召康公也言有如者時賢臣多非獨召公也今令幽王臣於乎哀哉。維今之人。不尚有舊。箋云哀哉哀其不高尚賢者尊任有舊德之臣將以喪亡其國

召旻七章四章章五句三章章七句。

蕩之什十一篇九十二章七百六十九句。

毛詩卷第十八

毛詩卷第十九

清廟之什詁訓傳第二十六

毛詩周頌　鄭氏箋

清廟，祀文王也。周公旣成洛邑，朝諸侯，率以祀文王焉。○清廟者，祭有清明之德者之宮也，謂祭文王也。天德清明，文王象焉，故祭之而歌此詩也。廟之言貌也，死者精神不可得而見，但以生時之居立宮室象貌爲之耳。成洛邑，居攝五年時。

於穆清廟，肅雝顯相。於，歎辭也。穆，美。肅，敬。雝，和。相，助也。箋云：顯，光也，見也。於乎美哉，周公之祭清廟也。其禮儀敬且和，又諸侯有光明著見之德者來助祭。濟濟多士，秉文之德，對越在天。○執文德之人也。箋云：對，配。越，於也。濟濟之衆士，皆執行文王之德。文王精神已在天矣猶配順其素行如生存駿奔走在廟。不顯不承。無射於人斯。駿長也顯於天矣見承於人矣不見厭於人矣箋云駿大也諸侯與衆士於周公祭文王俱奔走而來在廟中助祭是不光明文王之德與言其光明之也是不承順文王志意與言其承順之也此文王之德人無厭之

清廟一章八句。

維天之命。大平告文王也。告大平者居攝五年之末也文王受命不卒而崩今天下大平故承其意而告之明六年制禮作樂

維天之命。於穆不已。孟仲子曰大哉天命之無極而美周之禮也箋云命猶道也天之道於乎美哉動而不止行而無已於乎不顯。文王之德之純。假以溢

我我其收之駿惠我文王純大假嘉溢慎收聚也箋云純亦不已也溢盈溢之言也於乎不光明與文王之施德敎之無倦已美其與天同功也以嘉美之道饒衍與我我其聚斂之以制法度以大順我文王之意謂爲周禮六官之職也書曰考朕昭子刑乃單文祖德曾孫篤之成王能厚之也箋云曾猶重也自孫之子而下事先祖皆稱曾孫是言曾孫欲使後王皆厚行之非唯今也

維天之命一章八句

維清奏象舞也象舞象用兵時刺伐之舞武王制焉

維清緝熙文王之典典法也箋云緝熙光明也天下之所以無敗亂之政而清明者乃文王有征伐之法故也肇禋肇始禋祀也箋云文王受命始祭天而枝伐也周禮以禋祀祀昊天上帝文王受命七年五伐也迄用有成維周之禎迄至禎祥也箋云文王造此征

伐之法至今用之而有成功謂伐紂克勝也征伐之法乃周家得天下之吉祥

維清一章五句

烈文成王即政諸侯助祭也新王即政必以朝享之禮祭於祖考告嗣位也

烈文辟公錫茲祉福惠我無疆子孫保之烈光也文王錫之箋云惠愛也光文百辟卿士及天下諸侯者天錫之以此祉福也又長愛之無有期竟子孫得傳世安而居之謂文王武王以純德受命定天位無封靡于爾邦維王其崇之念茲戎功繼序其皇之封大也靡累也崇立也戎大皇美也箋云崇厚也皇君也無大累於女國謂諸侯治國無罪惡也王其厚之增其爵土也念此大功勤事不廢謂卿大夫能守其職得繼世在位以其次序其君之者謂有功王則出而封之無競維人四方其訓之不顯

維德百辟其刑之於乎前王不忘競彊訓道也前王武王也箋云無彊乎維得賢人也得賢人則國家彊矣故天下諸侯順其所爲也不勤明其德乎勤明之也故卿大夫法其所爲也於乎先王文王武王其於此道人稱頌之不忘

烈文一章十三句

天作祀先王先公也先王謂大王已下先公謂諸盩已上至不窋

天作高山大王荒之作生荒大也天生萬物於高山大王行道能安天之所作也箋云高山謂岐山也書曰道岍及岐至于荊山天生此高山使興雲雨以利萬物大王自豳遷焉則能尊大之廣其德澤居之一年成邑二年成都三年五倍其初彼作矣文王康之彼徂矣岐有夷之行夷易也箋云彼彼萬民也徂往行道也彼萬民居岐邦者皆築作宮室以

爲常居文王則能安之後之往者又以岐邦之君有佼易之道故也易曰乾以易知坤以簡能易則易知簡則易從易知則有親易從則有功有親則可久有功則可大可久則賢人之德可大則賢人之業以此訂大王文王之道卓爾與天地合其德

子孫保之

天作一章七句

昊天有成命郊祀天地也

昊天有成命二后受之成王不敢康夙夜基命宥密

二后文武也基始命信宥寬密寧也箋云昊天天大號也有成命者言周自后稷之生而已有王命也文王武王受其業施行道德成此王功不敢自安逸早夜始順天命不敢解倦行其寬仁安靜之政以定天下寬仁所以止苛刻也安靜所以息暴亂也

於緝熙單厥心肆其靖之

緝明

熙廣單厚肆固靖和也【箋云】廣當爲光固當爲故字之誤也於美乎此成王之德也既光明矣又能厚其心矣爲之不解倦故於其功終能和安之謂夙夜能自勤至於天下大平

昊天有成命一章七句

我將祀文王於明堂也

我將我享維羊維牛維天其右之將大享獻也【箋云】將猶奉養也我奉養我享祭之羊牛皆充盛肥腯有天氣之力助言神饗其德而右助之儀式刑文王之典日靖四方伊嘏文王既右饗之儀善刑法典常靖謀也【箋云】靖治也受福曰嘏我儀則式象法行文王之常道以日施政于天下維受福於文王文王既右而饗之言其受而福之我其夙夜畏天之威于時保之【箋云】于於時是也早夜敬天於是得

安文王之道

我將一章十句

時邁巡守告祭柴望也巡守告祭者天子巡行邦國至于方嶽之下而封禪也書曰歲二月東巡守至于岱宗柴望秩于山川徧于羣神

時邁其邦昊天其子之實右序有周薄言震之莫不震疊懷柔百神及河喬嶽允王維后邁行震動疊懼懷來柔安喬高也高嶽岱宗也箋云薄猶甫也甫始也允信也武王旣定天下時出行其邦國謂巡守也天其子愛之右助次序其事謂多生賢知使爲之臣也其兵所征伐甫動之以威則莫不動懼而服者言其威武又見畏也王行巡守其至方嶽之下來安羣神望秩于山川皆以尊畀次序祭之信哉武王之德宜爲君美之也

明昭有周，式序在位。明矣知未然也，昭然不疑也。箋云：昭，見也。王巡守而明見天之子有周家也，以其俊乂用次第處位。言此者，著天其子之右序之效也。載戢干戈，載櫜弓矢。戢，聚。櫜，韜也。箋云：載之言則也。王巡守而天下咸服，兵不復用，此又著震疊之效也。我求懿德，肆于時夏。夏，大也。箋云：懿，美。肆，陳也。我武王求有美德之士而任用之，故陳其功於是夏而歌之。樂歌大者稱夏。允王保之。箋云：信哉，王之德能長保此時夏之美。

時邁一章，十五句。

執競，祀武王也。

執競武王，無競維烈。不顯成康，上帝是皇。無競，競也。烈，業也。不顯乎，其成大功而安之也。顯，光也。皇，美也。箋云：競，彊也。能持彊道者，唯有武王爾。不彊乎，其克商之功業，言其彊也不顯乎其成安祖考之道言其又顯也天以是故美之予之以福祿自彼成康奄有四方斤斤其明。自彼成康用彼成安之道也奄同也斤斤明察也箋云四方謂天下也武王用成安祖考之道故受命伐紂定天下爲周明察之君斤斤如也鍾鼓喤喤磬筦將將降福穰穰降福簡簡威儀反反既醉既飽福祿來反。喤喤和也將將集也穰穰衆也簡簡大也反反難也反復也箋云反反順習之貌武王既定天下祭祖考之廟奏樂而八音克諧神與之福又衆大謂如嘏辭也羣臣醉飽禮無違者以重得福祿也

執競一章十四句。

思文后稷配天也

思文后稷克配彼天立我烝民莫匪爾極極中也箋云克能也

立當作粒烝衆也周公思先祖有文德者后稷之功能配天昔堯遭洪水黎民阻飢后稷播殖百穀烝民乃粒食萬邦作乂天下之人無不於女時得其中者言反其性

貽我來牟帝命率育無此疆爾界陳常于時夏

牟麥率用也箋云貽遺率循育養也武王渡孟津白魚入于舟出涘以燎後五日火流爲烏五至以穀俱來此謂遺我來牟天命以是循存后稷養天下之功而廣大其子孫之國無此封竟於女今之經界乃大有天下也用是故陳其久常之功於是夏而歌之夏之屬有九書說烏以穀俱來云穀記后稷之德

思文一章八句

清廟之什十篇十章九十五句

臣工之什詁訓傳第二十七

毛詩周頌　　鄭氏箋

臣工，諸侯助祭遣於廟也。

嗟嗟臣工。敬爾在公。王釐爾成。來咨來茹。嗟嗟勑之也。工官也。公君也。箋云：臣謂諸侯也。釐理。咨謀。茹度也。諸侯來朝，天子有不純臣之義。於其將歸，故於廟中正臣之禮，敕其諸官卿大夫云：敬女在君之職事，王乃平理女之成功。女有事，當來謀之，來度之於王之朝，無自專。

嗟嗟保介。維莫之春。亦又何求。如何新畬。田二歲曰新，三歲曰畬。箋云：保介，車右也。月令孟春，天子親載耒耜，措之于參保介之御間。莫，晩也。周之季春，於夏為孟春。諸侯朝周之春，故晩春遣之，敕其車右以時事。女歸當何求於民，將如新田畬田何。急其教農趨時也。介，甲也。車右，勇力之士，被甲執兵也。

於皇來牟。將受厥明。明昭上帝。迄

用康年。康樂也。箋云將大造至也於美乎赤烏以牟麥俱來故我周家大受其光明謂爲珍瑞天下所休慶也此瑞乃明見於天至今用之有樂歳謂五穀豐孰命我衆人庤乃錢鎛奄觀銍艾。庤具錢銚鎛鎒銍穫也箋云奄久觀多也敎我庶民具女田器終久必多銍艾勸之也

臣工一章十五句。

噫嘻春夏祈穀于上帝也。祈猶禱也求也月令孟春祈穀于上帝夏則龍星見而雩是與

噫嘻成王。既昭假爾。率時農夫。播厥百穀。噫歎也嘻勑也成是王事也箋云噫嘻有所多大之聲也假至也播猶種也噫嘻乎能成周王之功其德已著至矣謂光被四

亦一本作奕

表格于上下也又能率是主田之吏農夫使民耕田而種百穀也 駿發爾私。終三十里。亦服爾耕。十千維耦。私民田也言上欲富其民而讓於下欲民之大發其私田耳終三十里言各極其望也箋云駿疾也發伐也亦大服事也使民疾耕發其私田竟三十里者一部一吏主之於是民大事耕其私田萬耦同時舉也周禮曰凡治野田夫間有遂遂上有徑十夫有溝溝上有畛百夫有洫洫上有涂千夫有澮澮上有道萬夫有川川上有路計此萬夫之地爲方三十三里少半里也耜廣五寸二耜爲耦一川之間萬夫故有萬耦耕言三十里者舉其成數

噫嘻一章。八句。

振鷺。二王之後。來助祭也。二王夏殷也其後杞也宋也

振鷺于飛。于彼西雝。我客戾止。亦有斯容。興也振振羣飛貌鷺

白鳥也雝澤也客二王之後箋云白鳥集于西雝之澤言所集得其處也興者喻杞宋之君有絜白之德來助祭於周之廟得禮之宜也其至止亦有此容言威儀之善如鷺然在彼無惡在此無斁庶幾夙夜以永終譽箋云在彼謂居其國無怨惡之者在此謂其來朝皆愛敬之無厭之者永長也譽聲美也

振鷺一章八句

豐年秋冬報也報者謂嘗也烝也

豐年多黍多稌亦有高廩萬億及秭豐大稌稻也廩所以藏齍盛之穗也數萬至萬曰億數億至億曰秭箋云豐年大有年也亦大也萬億及秭以言穀多爲酒爲醴烝畀祖妣以洽百禮降福孔皆皆徧也箋云烝進畀予也孔甚也

豐年一章七句

有瞽始作樂而合乎大祖也　王者治定制禮功成作樂合者大合諸樂而奏之

有瞽有瞽在周之庭設業設虡崇牙樹羽應田縣鼓鞉磬柷圉　瞽樂官也業大板也所以飾栒爲縣也捷業如鋸齒或曰畫之植者爲虡衡者爲栒崇牙上飾卷然可以縣也樹羽置羽也應小鞞也田大鼓也縣鼓周鼓也鞉鞉鼓也柷木椌也圉楬也箋云瞽矇也以爲樂官者目無所見於音聲審也周禮上瞽四十人中瞽百人下瞽百六十人有視瞭者相之又設縣鼓田當作朄朄小鼓在大鼓旁應鞞之屬也聲轉字誤變而作田

既備乃奏簫管備舉喤喤厥聲肅雝和鳴先祖是聽　箋云既備者縣也朄也皆

明本無永長觀多四字

畢已也乃奏謂樂作也簫編竹管爲之如今賣餳者所吹也管如遂併而吹之我客戾止永觀厥成箋云我客二王之後也永長觀多也長多其成功謂深感於和樂遂入善道終無所愆過

有瞽一章十三句

潛季冬薦魚春獻鮪也冬魚之性定春鮪新來薦獻之者謂於宗廟也

猗與漆沮潛有多魚有鱣有鮪鰷鱨鰋鯉漆沮岐周之二水也潛槮也箋云猗與歎美之言也鱣大鯉也鮪鮥也鰷白鰷也鰋鮎也以享以祀以介景福箋云介助景大也

潛一章六句

雝禘大祖也禘大祭也大於四時而小於祫大祖謂文王

有來雝雝至止肅肅相維辟公天子穆穆於薦廣牡相予肆祀相助廣大也箋云雝雝和也肅肅敬也有是來時雝雝然既至止而肅肅然者乃助王禘祭百辟與諸侯也天子是時則穆穆然於進大牡之牲百辟與諸侯又乃助我陳祭祀之饌言得天下之歡心假哉皇考綏予孝子宣哲維人文武維后假嘉也箋云宣徧也嘉哉君考斥文王也文王之德乃安我孝子謂受命定其基業也又遍使天下之人有才知以文德武功爲之君故燕及皇天克昌厥後綏我眉壽介以繁祉燕安也箋云繁多也文王之德安及皇天謂降瑞應無變異也又能昌大其子孫安助之以考壽與多福祿既右烈考亦右文母烈考武王也文母大姒也箋云烈光也子孫所以得考壽與多福者乃以見右助於光明之考與文德之母歸美焉

雝一章十六句

載見諸侯始見乎武王廟也

載見辟王曰求厥章龍旂陽陽和鈴央央鞗革有鶬休有烈光載始也龍旂陽陽言有文章也和在軾前鈴在旂上鞗革有鶬言有法度也箋云諸侯始見君王謂見成王也曰求其章者求車服禮儀之文章制度也交龍爲旂鞗革轡首也鶬金飾貌休者休然盛壯意率見昭考以孝以享以介眉壽永言保之思皇多祜昭考武王也享獻也箋云言我皇君也諸侯既以朝禮見於成王至祭時伯又率之見於武王廟使助祭也以致孝子之事以獻祭祀之禮以助考壽之福長我安行此道思使成王之多福烈文辟公綏以多福俾緝熙于純嘏箋云俾使純大也祭祀有十倫之義

成王乃光文百辟與諸侯安之以多福使光明於
大嘏之意天子受福故曰大嘏嘏辭有福祚之言

載見一章十四句

有客微子來見祖廟也 成王既黜殷命殺武庚命微子代殷後既受命來朝而見也

有客有客亦白其馬有萋有且敦琢其旅 殷尚白也亦亦周也萋且敬慎貌箋云有客有客重言之者異大之也亦亦武庚也武庚爲二王後乘殷之白馬乃叛而誅不肖之甚也今微子代之亦乘殷之白馬獨賢而見尊異故言亦駮而美之其來威儀萋萋且且盡心力於其事又撰擇衆臣卿大夫之賢者與之朝王言敦琢者以賢美之故王言之

有客宿宿有客信信言授之縶以縶其馬 一宿曰宿再宿曰信欲縶其馬而留之箋云縶

絆也周之君臣皆愛微子其所館宿可以去矣而言絆其馬意各殷勤薄言追之左右綏之箋云追送也於微子去王餞送之左右之臣又欲從而安樂之厚之無已既有淫威降福孔夷淫大威則夷易也箋云既有大則謂用殷正朔行其禮樂如天子也神與之福又甚易也言動作而有度

有客一章十二句

武奏大武也大武周公作樂所爲舞也

於皇武王無競維烈允文文王克開厥後烈業也箋云皇君也於乎君哉武王也無彊乎其克商之功業言其彊也信有文德哉文王也能開其子孫之基緒嗣武受之勝殷遏劉耆定爾功武迹劉殺耆致也箋云遏止耆老也嗣子武王受文

王之業舉兵伐殷而勝之以止天下之暴虐而殺人者年老乃安定女之此功言不汲汲於誅紂須暇五年

武一章七句

臣工之什十篇十章一百六句

閔予小子之什詁訓傳第二十八

毛詩周頌　鄭氏箋

閔予小子嗣王朝於廟也　嗣王者謂成王也除武王之喪將始即政朝於廟也

閔予小子遭家不造嬛嬛在疚　閔病造為疚病也　箋云閔悼傷之言也造猶成也可悼傷乎我小子耳遭武王崩家道未成嬛嬛然孤特在憂病之中

於乎皇考永

世克孝。念茲皇祖。陟降庭止。庭直也。箋云茲此也。陟降上下也。於乎我君考武王長世能孝謂能以孝行為子孫法度使長見行也。念此君祖文王上以直道事天下以直道治民言無私枉。

維予小子。夙夜敬止。於乎皇王。繼序思不忘。序緒也。箋云夙早敬慎也。我小子早夜慎行祖考之道言不敢解倦也。於乎君王歎文王武王也。我繼其緒思其所行不忘也。

閔予小子一章十一句

訪落。嗣王謀於廟也。謀者謀政事也。

訪予落止。率時昭考。於乎悠哉。朕未有艾。將予就之。繼猶判渙。訪謀落始時是率循悠遠猶道判分渙散也。箋云昭明艾數猶圖也。成王始即政自

女扶明本作丈扶

以承聖父之業懼不能遵其道德故於廟中與羣臣
謀我始即政之事羣臣曰當循是明德之考所施行
故答之以謙曰於乎遠哉我於是未有數言遠不可
及也女扶將我就其典法而行之繼續其業圖我所
失分散者收斂之

維予小子未堪家多難箋云多衆也我小子耳未任統理我國家衆難成之事必有任賢待年長大之志難成之事謂諸政有業未平者

紹庭上下陟降厥家休矣皇考以保明其身箋云紹繼也厥家謂羣臣也繼文王陟降庭止之道上下羣臣之職以次序者美矣我君考武王能以此道尊安其身謂定天下居天子之位

訪落一章十二句

敬之羣臣進戒嗣王也

敬之敬之天維顯思命不易哉無曰高高在上陟降

日日明本作日月

浸明本作漸

厥士日監在茲。顯見士事也箋云顯光監視也羣臣見王謀即政之事故因時戒之曰敬之哉敬之哉天乃光明去惡與善其命吉凶不變易也無謂天高又高在上遠人而不畏也天上下其事謂轉運日月施其所行日日瞻視近在此也維予小子。不聰敬止。日就月將學有緝熙于光明。佛時仔肩。示我顯德行。小子嗣王也將行也光廣也佛大也仔肩克也箋云緝熙光明也佛輔也時是也仔肩任也羣臣戒成王以敬之敬之故承之以謙云我小子耳不聰達於敬之敬之之意日就月行言當習之以積浸也且欲學於有光明之光明者謂賢中之賢者也輔佛是任示道我以顯明之德行是時自知未能成文武之功周公始有居攝之志

敬之一章。十二句。

小毖嗣王求助也。毖，慎也。天下之事，當慎其小，小時不慎，後爲禍大，故成王求忠臣早輔助己爲政，以救患難。

予其懲而毖後患。莫予荓蜂，自求辛螫。毖，慎也。荓蜂，摩曳也。箋云懲，艾也。始者管叔及其羣弟流言於國，成王信之而疑周公。至後三監叛而作亂，周公以王命舉兵誅之，歷年乃已。故今周公歸政，成王受之而求賢臣自輔助也。曰我其創艾於往時矣，畏慎後復有禍難。羣臣小人無敢我摩曳，謂爲譎詐誑欺不可信也。女如是，徒自求辛苦毒螫之害耳。謂將有刑誅。

肇允彼桃蟲，拚飛維鳥。桃蟲，鷦也。鳥之始小終大者。箋云肇，始。允，信也。始者信以彼管蔡之屬雖有流言之罪，如鷦鳥之小，不登誅之，後反叛而作亂，猶鷦之翻飛爲大鳥也。鷦之所爲鳥題肩也，或曰鴞，皆惡鳥。

未堪家多難，予又集于蓼。堪，任。予，我也。我又集于蓼，言辛苦也。

箋云集會也未任統理我國家衆難成之事謂使周公居攝時也我又會於辛苦遇三監淮夷之難也

小毖一章八句

載芟春藉田而祈社稷也藉田甸師氏所掌王載耒耜所耕之田天子千畝諸侯百畝藉之言借也借民力治之故謂之藉田也

載芟載柞其耕澤澤千耦其耘徂隰徂畛侯主侯伯侯亞侯旅侯彊侯以除艸曰芟除木曰柞畛場也主家長也伯長子也亞仲叔也旅子弟也彊彊力也以用也箋云載始也隰謂新發田也畛謂舊田有徑路者彊有餘力者周禮曰以彊予任民以謂閒民今時傭賃也春秋之義能東西之曰以成王之時萬民樂治田業將耕先始芟柞其艸木上氣烝達而和耕之則澤澤然解散於是乃耘除其根株輩作者千耦言趨時也或往之隰或往之畛父

子餘夫俱行彊有餘力者相助。有嗿其饁思媚其婦又取傭賃務疾畢已當種也。有依其士。嗿衆貌士子弟也。箋云饁饋饟也依之言愛也婦子來饋饟其農人於田野乃逆而媚愛之言勸其事勞不自苦。

有略其耜俶載南畝播厥百穀實函斯活。略利也。箋云俶載當作熾菑播猶種也實種也函含也活生也農夫既耘除艸木根株乃更以利耜熾菑之而後種其種皆成好含生氣。

驛驛其達有厭其傑厭厭其苗緜緜其麃。達射也有厭其傑言傑苗厭然特美也麃耘也。箋云達出地也傑先長者厭厭其苗言衆齊等也。

載穫濟濟有實其積萬億及秭。濟濟難也。箋云難者穗衆難進也有實實成也其積之乃萬億及秭言得多也。

爲酒爲醴烝畀祖妣以洽百禮。烝進畀予洽合也。箋云進予祖妣謂祭先祖先妣也以洽百禮謂饗燕之屬。有飶

其香邦家之光飶芬香也箋云以芬香之酒醴饗燕賓客則多得其歡心於國家有榮譽

有椒其馨胡考之寧椒猶飶也胡壽也考成也箋云寧安也以芬香之酒醴祭於祖妣則多得其福祜

匪且有且匪今斯今振古如茲且此也振自也箋云匪非也振亦古也饗燕祭祀心非云且而有且謂將有嘉慶禎祥先來見也心非云今而此有今謂嘉慶之事不聞而至也言修德行禮莫不獲報乃古古而如此所由者久非適今時

載芟一章三十一句

良耜秋報社稷也

畟畟良耜俶載南畝播厥百穀實函斯活畟畟猶測測也箋云良善也農人測測以利善之耜熾菑是南畝也種此百穀其種皆成好含生氣言得其時

或來瞻

女載筐及筥其饟伊黍其笠伊糾其鎛斯趙以薅荼蓼笠所以禦暑雨也趙刺也蓼水艸也箋云瞻視也有來視女謂婦子來饁者也筐筥所以盛黍稷也豐年之時雖賤者猶食黍饁者見戴糾然之笠以田器刺地薅去荼蓼之事言閔其勤苦荼蓼朽止黍稷茂止穫之挃挃積之栗栗其崇如墉其比如櫛以開百室挃挃穫聲也栗栗衆多也墉城也箋云百室一族也艸穢既除而禾稼茂禾稼茂而穀成熟穀成熟而積聚多如城也如櫛也以言積之高大且相比迫也其已治之則百室開戶納之千耦其耘輩作尚衆也一族同時納穀親親也百室者出必共洫間而耕入必共族中而居又有祭酺合醵之歡百室盈止婦子寧止殺時犉牡有捄其角以似以續續古之人黃牛黑脣曰犉社稷之牛角尺以似以續嗣前歲續往事也箋云捄角貌

五穀畢入婦子則安無行饁之事於是殺牲報祭社稷嗣前歲者復求有豐年也續往事者復以養人也

續古之人求有良司穡也

良耜一章二十三句

絲衣繹賓尸也高子曰靈星之尸也繹又祭也天子諸侯曰繹以祭之明日卿大夫曰賓尸與祭同日周曰繹商謂之肜

絲衣其紑載弁俅俅自堂徂基自羊徂牛鼐鼎及鼒絲衣祭服也紑絜鮮貌俅俅恭順貌基門塾之基自羊徂牛言先小後大也大鼎謂之鼐小鼎謂之鼒箋云載猶戴也弁爵弁也爵弁而祭於王士服也繹禮輕使士升門堂視壺濯及籩豆之屬降往於基告濯具又視牲從羊之牛反告充肥已乃舉鼎冪告絜禮之次也鼎圜弇上謂之鼒兕觥其觩旨

酒思柔。不吳不敖。胡考之休。吳譁也考成也箋云柔安也繹之旅士用兕觥變於祭也飲美酒者皆思自安不讙譁不敖慢也此得壽考之休徵

絲衣一章九句。

酌。告成大武也。言能酌先祖之道以養天下也。周公居攝六年制禮作樂歸政成王乃後祭於廟而奏之其始成告之而已

於鑠王師。遵養時晦。時純熙矣。是用大介。鑠美遵率養取晦昧也箋云純大熙興介助也於美乎王之用師率殷之叛國以事紂養是闇昧之君以老其惡是周道大興而天下歸往矣故有致死之士助之我龍受之。蹻蹻王之造。載用有嗣。龍和也蹻蹻武貌造為也箋云龍寵也來助我者我寵而受用之故蹻蹻之士皆爭來造王王則用之有

嗣傳相致實維爾公允師。公事也箋云允信也王之事所以舉兵克勝者實維女之事信得用師之道

酌一章。九句。

桓。講武類禡也。桓。武志也。類也禡也皆師祭也

綏萬邦。婁豐年。箋云綏安屢亟也誅無道安天下則亟有豐熟之年陰陽和也天命匪解。桓桓武王。保有厥士。于以四方。克定厥家。士事也箋云天命為善不解倦者以為天子我桓桓有威武之武王則能安有天下之事此言其當天意也於是用武事於四方能安定其家先王之業遂有天下於昭于天。皇以間之。間代也箋云于曰也皇君也於明乎曰天也紂為天下之君但由為惡天以武王代之

桓一章九句

賚大封於廟也賚予也言所以錫予善人也大封武王伐紂時封諸臣有功者

文王既勤止我應受之敷時繹思我徂維求定勤勞應當繹陳也箋云敷猶徧也文王既勞心於政事以有天下之業我當而受之敷是文王之勞心能陳繹而行之今我往以此求定謂安天下也時周之命於繹思箋云勞心者是周之所以受天命而王之所由也於女諸臣受封者陳繹而思行之以文王之功業勤勸之

賚一章六句

般巡守而祀四嶽河海也般樂也

於皇時周。陟其高山。嶞山喬嶽。允猶翕河。高山，四嶽也。嶞山，山之嶞墮小者也。翕，合也。箋云：皇，君。喬，高。猶，圖也。於乎美哉，君是周邦而巡守，其所至則登其高山而祭之，望秩於山川，小山及高嶽皆信案山川之圖而次序祭之。河言合者，河自大陸之北敷爲九河，祭者合爲一。敷天之下。裒時之對。時周之命。裒，聚也。對，配也。箋云：裒，衆。徧天之下衆山川之神皆如是配而祭之，是周之所以受天命而王也。

般一章七句。

閔予小子之什十一篇十一章百三十七句。

毛詩卷第十九

毛詩卷第二十

駉之什詁訓傳第二十九

毛詩魯頌　　鄭氏箋

駉頌僖公也僖公能遵伯禽之法儉以足用寬以愛民務農重穀牧于坰野魯人尊之於是季孫行父請命于周而史克作是頌季孫行父季文子也史克魯史也

駉駉牡馬在坰之野駉駉良馬腹幹肥張也坰遠野也邑外曰郊郊外曰野野外曰林林外曰坰【箋云】必牧於坰野者避民居與良田也周禮曰以官田牛田賞田牧田任遠郊之地薄言駉者有驈有皇有驪有黃以車彭彭牧之坰野則駉駉然驪馬

白跨曰驈，黃白曰皇，純黑曰驪，黃騂曰黃。諸侯六閑，馬四種，有良馬，有戎馬，有田馬，有駑馬。彭彭，有力有容也。箋云：坰之牧地，水艸既美，牧人又良，飲食得其時，則自肥健耳。思無疆，思馬斯臧。箋云：臧，善也。僖公之思，遵伯禽之法，反覆思之，無有竟已，乃至於思馬斯善，多其所及廣愽。○駉駉牡馬，在坰之野。薄言駉者，有騅有駓，有騂有騏，以車伾伾。蒼白雜毛曰騅，黃白雜毛曰駓，赤黃曰騂，蒼祺曰騏。伾伾，有力也。思無期，思馬斯才。才，多材也。○駉駉牡馬，在坰之野。薄言駉者，有驒有駱，有駵有雒，以車繹繹。青驪驎曰驒，白馬黑鬣曰駱，赤身黑鬣曰駵，黑身白鬣曰雒。繹繹，善走也。思無斁，思馬斯作。作，始也。箋云：斁，厭也。思遵伯禽之法，無厭倦也。作，謂牧之使可乘駕也。○駉駉牡馬，在坰之野。薄言駉者，有駰有駰有驔有魚以車祛祛　陰白雜毛曰駰彤白雜毛曰騢豪骭曰驔二目白曰魚祛祛彊健也　思無邪思馬斯徂　箋云徂猶行也思遵伯禽之法專心無復邪意也徂牧馬使可走行

駉四章章八句

有駜頌僖公君臣之有道也　有道者以禮義相與之謂也

有駜有駜駜彼乘黃　駜馬肥彊貌馬肥彊則能升高進遠臣彊力則能安國　箋云此喩僖公之用臣必先致其禄食禄食足而臣莫不盡其忠　夙夜在公在公明明　箋云夙早也言時臣憂念君事早起夜寢在於公之所在於公之所但明義明德也禮記曰大學之道在明明德　振振鷺鷺于下鼓咽咽醉言舞于胥樂兮　振振羣飛貌鷺鷺白鳥也以興潔

白之士咽咽鼓節也箋云于於胥皆也僖公之時君臣無事則相與明義明德而已絜白之士羣集於君之所君以禮樂與之飲酒以鼓節之咽咽然至於無筭爵則又舞燕樂以盡其歡君臣於是則皆喜樂也

○有駜有駜駜彼乘牡夙夜在公在公飲酒言臣有餘敬而君有餘惠振振鷺鷺于飛鼓咽咽醉言歸于胥樂兮箋云飛喻羣臣飲酒醉欲退也

○有駜有駜駜彼乘駽青驪曰駽夙夜在公在公載燕箋云載之言則也自今以始歲其有君子有穀詒孫子于胥樂兮歲其有豐年也箋云穀善詒遺也君臣安樂則陰陽和而有豐年其善道則可以遺子孫也

有駜三章章九句

其聲一本作有聲

泮水頌僖公能修泮宮也

思樂泮水薄采其芹泮水泮宮之水也天子辟廱諸侯泮宮言水則采取其芹宮則采取其化箋云芹水菜也言己思樂僖公之修泮宮之水復伯禽之法而往觀之采其芹也辟廱者築土雝水之外圓如璧四方來觀者均也泮之言半也半水者蓋東西門以南通水北無也天子諸侯宮異制因形然魯侯戾止言觀其旂其旂茷茷鸞聲噦噦無小無大從公于邁戾來止至也言觀其旂言法則其文章也茷茷言有法度也噦噦言其聲也箋云于往邁行也我采泮水之芹見僖公來至于泮宮我則觀其旂茷茷然鸞和之聲噦噦然臣無尊卑皆從君行而來稱言此者僖公賢君人樂見之○思樂泮水薄采其藻魯侯戾止其馬蹻蹻其馬蹻蹻其音昭昭其馬蹻蹻言彊盛也箋云其音昭昭僖公之德

音　載色載笑匪怒伊教色溫潤也箋云僖公之至泮宮和顔色而笑語非有所怒
於是有所教化也　○思樂泮水薄采其茆茆鳧葵也魯侯戾止在
泮飲酒既飲旨酒永錫難老箋云在泮飲酒者徵先生君子與之行飲酒之
禮而因以謀事也已飲美酒而長賜其難使老難使老者最壽考者也長賜之者如王制所云八十月告
存九十日有秩者與　順彼長道屈此羣醜屈收醜衆也箋云順從長遠屈治醜惡也
是時淮夷叛逆既謀之於泮宮則從彼遠道往伐之治此羣爲惡之人　○穆穆魯侯敬
明其德敬愼威儀維民之則允文允武昭假烈祖假至
也箋云則法也僖公之行民之所法傚也僖公信文矣謂脩泮宮也信武矣謂伐淮夷也其聰明乃至於
美祖之德謂遵伯禽之法　靡有不孝自求伊祜祜福也國人無不法傚之者皆

庶幾力行自求福祿○明明魯侯克明其德既作泮宮淮夷攸服箋云克能攸所也言僖公能明其明德脩泮宮而德化大行於是伐淮夷所以能服也矯矯虎臣在泮獻馘淑問如皋陶在泮獻囚囚拘也箋云矯矯武貌馘所格者之左耳淑善也囚所虜獲者僖公既伐淮夷而反在泮宮使武臣獻馘又使善聽獄之吏如皋陶者獻囚言伐有功所任得其人○濟濟多士克廣德心桓桓于征狄彼東南桓桓威武貌箋云多士謂虎臣及如皋陶之屬征征伐也狄當作剔剔治也東南斥淮夷烝烝皇皇不吳不揚不告于訩在泮獻功烝烝厚也皇皇美也揚傷也箋云烝烝猶進進也皇皇當作暀暀暀暀猶往往也吳讙譁也訩訟也言多士之於伐淮夷皆勸之有進進往往之心不讙譁不大聲僖公還在泮宮又無以爭訟之事告於治訟之官者皆自獻其功○

毛詩　卷二十　四

角弓其觩束矢其搜戎車孔博徒御無斁既克淮夷孔淑不逆觩弛貌五十矢爲束搜衆意也箋云角弓觩然言持弦急也束矢搜然言勁疾也博當作傅甚傅緻者言安利也徒行者御車者皆敬其事又無厭倦也僖公以此兵衆伐淮夷而勝之其士卒甚順軍法而善無有爲逆者爲逆者謂堙井刊木之類式固爾猶淮夷卒獲箋云式用猶謀也用堅固女軍謀之故故淮夷盡可獲服也謀謂度已之德慮彼之罪以出兵也○翩彼飛鴞集于泮林食我桑黮懷我好音翩飛貌鴞惡聲之鳥也黮桑實也箋云懷歸也言鴞恒惡鳴今來止於泮水之木上食其桑黮爲此之故故改其鳴歸就我以善音喻人感於恩惠則化之憬彼淮夷來獻其琛元龜象齒大賂南金憬遠行貌琛寶也元龜尺二寸賂遺也南謂荊揚也箋云大猶廣也廣賂者賂君及卿大夫也荊揚

之州貢金三品

泮水八章章八句

閟宮頌僖公能復周公之宇也宇居也

閟宮有侐實實枚枚閟閉也先妣姜嫄之廟在周常閉而無事孟仲子曰是禖宮也侐清淨也實實廣大也枚枚礱密也箋云閟神也姜嫄神所依故廟曰神宮赫赫姜嫄其德不回上帝是依無災無害彌月不遲上帝是依依其子孫也箋云依依其身也彌終也赫赫乎顯著姜嫄也其德貞正不回邪天用是馮依而降精氣其任之又無災害不坼不副終人道十月而生子不遲晚是生后稷降之百福黍稷重穋稙穉菽麥奄有下國俾民稼穡先種曰稙後種曰穉箋云奄猶覆也姜嫄

用是而生子后稷天神多與之福以五穀終覆蓋天
下使民知稼穡之道言其不空生也后稷生而名棄
長大堯登用之使居稷官民賴其功
後雖作司馬天下猶以后稷稱焉　有稷有黍有稻
有秬奄有下土纘禹之緒　緒業也箋云秬黑黍也緒
事也堯時洪水爲災民不
粒食天神多予后稷以五穀禹平水土乃教民播種
之於是天下大有穀故云纘禹之事也美之故申說
以明之　○后稷之孫實維大王居岐之陽實始翦商　翦齊
也箋云翦斷也大王自豳徙居岐陽四方之
民咸歸往之於時而有王迹故云是始斷商　至于文
武纘大王之緒致天之届于牧之野無貳無虞上帝
臨女　虞誤也箋云届極虞度也文王武王繼大王之
事至受命致大平天所以罰極紂於商郊牧野
其時之人民皆樂武王之德知是故戒之云無
有二心也無復計度也天視護女至則克勝　敦商

之旅。克咸厥功。箋云敦治旅衆咸同也武王旣克殷而治商之臣民使得其所能同其功於先祖也后稷大王文王亦周公之祖考也伐紂周公又與焉故述之以美大魯○王曰叔父。建爾元子。俾侯于魯。大啓爾宇。爲周室輔。王成王也元首也宇居也箋云叔父謂周公也成王告周公曰叔父我立女首子使爲君於魯謂欲封伯禽也封魯公以爲周公後故云大開女居以爲我周家之輔謂封以方七百里欲其彊於衆國乃命魯公。俾侯于東。錫之山川。土田附庸。箋云東東藩魯國也旣告周公以封伯禽之意乃策命伯禽使爲君於東加賜之以山川土田及附庸令專統之王制曰名山大川不以封諸侯附庸則不得專臣也周公之孫。莊公之子。龍旂承祀。六轡耳耳。春秋匪解。享祀不忒。周公之孫莊公之子謂僖公也耳耳然至盛也箋云交龍爲旂承祀謂視祭事也四馬故六轡春秋猶言四時也忒變也皇皇后帝皇祖后稷享以騂犧是饗是宜降福既多騂赤犧純也箋云皇皇后帝謂天也成王以周公功大命魯郊祭天亦配之以君祖后稷其牲用赤牛純色與天子同也天亦饗之宜之多予之福周公皇祖亦其福女秋而載嘗夏而楅衡白牡騂剛犧尊將將毛炰胾羹籩豆大房萬舞洋洋孝孫有慶諸侯夏禘則不礿秋祫則不嘗唯天子兼之楅衡設牛角以楅之也白牡周公牲也騂剛魯公牲也犧尊有沙飾也毛炰豚也胾肉也羹大羹鉶羹也大房半體之俎也洋洋衆多也箋云此皇祖謂伯禽也載始也秋將嘗祭於夏則養牲楅衡其牛角爲其觸觝人也秋嘗而言始者秋物新成尚之也大房玉飾俎也其制足間有橫橫下有柎似乎堂後有房然萬舞干舞也俾爾熾而昌俾爾壽而臧保彼

東方魯邦是常不虧不崩不震不騰三壽作朋如岡如陵震動也騰乘也壽考也箋云此皆慶孝孫之辭也俾使臧善保安常守也虧崩皆謂毀壞也震騰皆謂僭踰相侵犯也三壽三卿也岡陵取堅固也○公車千乘朱英綠縢二矛重弓○大國之賦千乘朱英矛飾也縢繩也重弓重於鬯中也箋云二矛重弓備折壞也兵車之法左人持弓右人持矛中人御公徒三萬貝胄朱綅烝徒增增貝胄貝飾也朱綅以朱綅綴之增增衆多也箋云萬二千五百人為軍大國三軍合三萬七千五百人言三萬者舉成數也烝進也徒進行增增然戎狄是膺荊舒是懲則莫我敢承膺當承止也箋云懲艾也僖公與齊桓舉義兵北當戎與狄南艾荊及群舒天下無敢禦也俾爾昌而熾俾爾壽而富黃髮台背壽胥與試箋云此慶僖公勇於

明本作[illegible]盟

用兵討有罪也黃髮台背皆壽徵也胥相也壽而相與試謂講氣力不衰倦俾爾昌而大俾爾耆而艾萬有千歲眉壽無有害箋云此又慶僖公勇於用兵討有罪也中時魯微弱為鄰國所侵削今乃復其故故喜而重慶之俾爾猶使女也眉壽秀眉亦壽徵○泰山巖巖魯邦所詹奄有龜蒙遂荒大東至于海邦淮夷來同莫不率從魯侯之功詹至也龜山也蒙山也荒有也箋云奄覆荒奄也大東極東也海邦近海之國也來同來同盟也率從相率從於中國也魯侯謂僖公○保有鳧繹遂荒徐宅至于海邦淮夷蠻貊及彼南夷莫不率從莫敢不諾魯侯是若鳧山也繹山也宅居也淮夷蠻貊而夷行也南夷荊楚也諾順也若順也箋云諾應辭也是若者是僖公所謂順也○天錫公純嘏眉

壽。保魯居常與許。復周公之宇。常許魯南鄙西鄙。箋云純大也受福曰嘏許許田也魯朝宿之邑也常或作甞在薛之旁春秋魯莊公三十一年築臺于薛是與周公有甞邑許田未聞也六國時齊有孟甞君食邑於薛魯侯燕喜。令妻壽母。宜大夫庶士。邦國是有。既多受祉。黃髮兒齒。箋云燕燕飲也令善也僖公燕飲於內寢則善其妻壽其母謂為之祝慶也與羣臣燕則欲與之相宜亦祝慶也是有猶常有也兒齒亦壽徵○

徂來之松。新甫之柏。是斷是度。是尋是尺。徂來山也新甫山也八尺曰尋松桷有舄。路寢孔碩。新廟奕奕。奚斯所作。桷榱也舄大貌路寢正寢也新廟閔公廟也有大夫公子奚斯者作是廟也箋云孔甚碩大也奕奕佼美也脩舊曰新新者姜嫄廟也僖公承衰亂之政脩周公伯禽之教故治正寢上新姜嫄之廟姜嫄之廟廟之先也奚斯所

作者敎護屬功課章程也至文公之時大室屋壞　孔曼且碩萬民是若曼長也箋云曼脩也廣也且然也國人謂之順也

閟宮八章二章章十七句一章十二句一章二十
八句二章章八句二章章十句

駉四篇二十三章二百四十三句

那詁訓傳第三十

毛詩商頌　　鄭氏箋

那祀成湯也微子至于戴公其閒禮樂廢壞有正考
甫者得商頌十二篇於周之大師以那爲首禮樂廢壞者君

怠慢於爲政不脩祭祀朝聘養賢待賓之事有司忘
其禮之儀制樂師失其聲之曲折由是散亡也自正
考甫至孔子之時又無七篇矣正考甫孔
子之先也其祖弗甫何以有宋而授厲公
猗與那與置我鞉鼓。猗歎辭那多也鞉鼓樂之所成
也夏后氏足鼓殷人置鼓周人
縣鼓 箋云 置讀曰植植鞉鼓者爲楹貫而樹之美成
湯受命伐桀定天下而作濩樂故歎之多其改夏之
制乃始植我殷家之樂鞉與鼓也
鞉雖不楹貫而摇之亦植之類
奏鼓簡簡。衎我烈
祖湯孫奏假綏我思成。衎樂也烈祖湯有功烈之祖
也假大也 箋云 奏鼓奏堂下
之樂也烈祖湯也湯孫大甲也假升綏安也以金奏
堂下諸縣其聲和大簡簡然以樂我功烈之祖成湯
湯孫大甲又奏升堂之樂弦歌之乃安我心所思
而成之謂神明來格也禮記曰齊之日思其居處思
其笑語思其志意思其所樂思其所嗜齊三日乃見
其所爲齊者祭之日入室僾然必有見乎其位周旋

出戶肅然必有聞乎其容聲出戶而聽愾然必有聞乎其歎息之聲此之謂綏我思成鞉鼓淵
淵嘒嘒管聲。既和且平。依我磬聲。嘒嘒然和也平正平也依倚也磬聲之清者也以象萬物之成周尚臭殷尚聲箋云磬玉磬也堂下諸縣與諸管聲皆和平不相奪倫又與玉磬之聲相依亦謂和平也玉聲尊故異言之於赫湯孫。穆穆厥聲。庸鼓有
斁。萬舞有奕。於赫湯孫盛矣湯爲人子孫也大鍾曰庸斁斁然盛也奕奕然閑也箋云穆穆美也於盛矣湯孫呼大甲也此樂之美其聲鍾鼓則斁斁然有次序其干舞又閑習我有嘉客。
亦不夷懌。自古在昔。先民有作。溫恭朝夕。執事有恪夷說也先王稱之曰在古古曰在昔昔曰先民有作有所作也恪敬也箋云嘉客謂二王後及諸侯來助祭者我客之來助祭者亦不說懌乎言皆說懌也乃大古而有此助祭之禮非專於今也其禮儀溫溫然

恭敬執事薦饌則又敬也顧予烝嘗湯孫之將箋云顧猶念也將猶扶助也嘉客念我殷家有時祭之事而來者乃太甲之扶助也序助祭者之來意也

那一章二十句

烈祖祀中宗也中宗殷王大戊成湯之玄孫也有桑穀之異懼而脩德殷道復興故表顯之號為中宗

嗟嗟烈祖有秩斯祜申錫無疆及爾斯所既載清酤賚我思成秩常申重酤酒賚賜也箋云祜福也賚讀如徂來之來嗟嗟乎我功烈之祖成湯既有此王天下之常福天又重賜之以無竟界之期其福及女之此所女女中宗也言承湯之業能興之也既載清酒於尊酌以祼獻而神靈來至我致齊之所思則用成重言嗟嗟美歎之深亦有和羹

既戒既平鬷假無言時靡有爭綏我眉壽黃耇無疆戒至鬷總假大也總大無言無爭也箋云和羹者五味和調腥熟得節食之於人性安和喻諸侯有和順之德也我既裸獻神靈來至亦復由有和順之諸侯來助祭也其在廟中既恭肅敬戒矣既齊立乎列位矣至于設薦進俎又總升堂而齊一皆服其職勸其事寂然無言語者無爭訟者此皆由其心平性和神靈用之故安我以壽考之福歸美焉約軝錯衡八鸞鶬鶬以假以享我受命溥將自天降康豐年穰穰八鸞鶬鶬言文德之有聲也假大也箋云約軝轂飾也鸞在鑣四馬則八鸞假升也享獻也將猶助也諸侯來助祭者乘篆轂金飾錯衡之車駕四馬其鸞鶬鶬然聲和言車服之得其正也以此來朝升堂獻其國之所有於我受政教至祭祀又溥助我言得萬國之歡心也天於是下平安之福使年豐來假來饗降福無疆箋云饗謂

獻酒使神饗之也諸侯助祭遂來升堂來獻酒神靈又下與我久長之福也顧予烝嘗湯孫之將箋云此祭中宗諸侯來助祭之所而言湯孫之將者中宗之饗此祭由湯之功故本言之

烈祖一章二十二句

玄鳥祀高宗也祀當爲祫祫合也高宗殷王武丁中宗玄孫之孫也有雊雉之異又懼而脩德殷道復興故亦表顯之號爲高宗云崩而始合祭於契之廟歌是詩焉古者君喪三年既畢禘於其廟而後祫祭於太祖明年春禘于羣廟自此之後五年而載殷祭一禘一祫春秋謂之大事

天命玄鳥降而生商宅殷土芒芒玄鳥鳦也春分玄鳥降湯之先祖有娀氏之女簡狄配高辛氏帝率與之祈于郊禖而生契故本爲天所命以玄鳥至而生焉芒芒大貌箋云降下也天使鳦下而生商者謂鳦遺卵有娀氏之女簡狄吞之而生契爲堯司徒有功封商堯知其後將

興又錫其姓爲自契至湯八遷湯始居亳之殷地而受命國曰以廣大匹匹然湯之受命由契之功故本其天意

古帝命武湯正域彼四方。方命厥后。奄有九有。

正長域有也九有九州也箋云古帝天也天帝命有威武之德者成湯使之長有邦域爲政於天下方命其君謂徧告諸侯也湯有是德故覆有九州爲之王也

商之先后受命不殆在武丁孫子。

武丁高宗也箋云后君也商之先君受天命而行之不解殆者在高宗之孫子言高宗興湯之功法度明也

武丁孫子。武王靡不勝。龍旂十乘。大糦是承。

勝任也箋云交龍爲旂糦黍稷也高宗之孫子有武功有王德於天下者無所不勝服乃有諸侯建龍旂者十乘奉承黍稷而進之者亦言得諸侯之歡心十乘者二王後八州之大國與

邦畿千里。維民所止。肇域彼四海。

畿疆也箋云止猶居也肇當作兆王畿千里之内其

居民已安乃後兆域正天下四海來假來假祁祁景
之經界言其爲政自內及外景大員均何任也箋
員維河殷受命咸宜百祿是何云假至也祁祁衆多
也員古文作云河之言何也天下旣蒙王之政令皆
得其所而來朝覲貢獻其來至也祁祁然衆多其所
貢於殷大至所云維言何乎言殷王之受命
皆其宜也百祿是何謂當檐負天之多福

玄鳥一章二十二句

長發大禘也大禘郊祭天也禮記曰王者禘其
祖之所自出以其祖配之是謂也
濬哲維商長發其祥洪水芒芒禹敷下土方外大國
是疆幅隕旣長濬深洪大也諸夏爲外幅廣也隕均
也箋云長猶久也隕當作圓圓謂周
也深知乎維商家之德也久發見其禎祥矣乃用洪
水禹敷下土正四方定諸夏廣大其竟界之時始有

王天下之萌兆歷虞夏之世故為久也有娀方將帝立子生商有娀契母也將
大也契生商也箋云帝黑帝也禹敷下土之時有娀氏之國亦始廣大有女簡狄吞鳦卵而生契堯封之
於商後湯王因以為天下號故云帝立子生商○玄王桓撥受小國是達受
大國是達率履不越遂視既發玄王契也桓大撥治履禮也箋云承黑帝
而立子故謂契為玄王遂猶徧也發行也玄王廣大其政治堯始封之商為小國舜之末年乃益其土地
為大國皆能達其教令使其民循禮不得踰越乃徧省視之教令則盡行也相土烈烈海外
有截相土契孫也烈烈威也箋云截整齊也相土居夏后之世承契之業入為王官之伯出長諸侯
其威武之盛烈烈然四海之外率服截爾整齊○帝命不違至于湯齊至湯與天
心齊箋云帝命不違者天之所以命契之事世世行之其德浸大至於湯而當天心湯降不遲

聖敬日躋。昭假遲遲。上帝是祗。帝命式于九圍。不遲言疾也。躋，升也。九圍，九州也。箋云：降，下。假，暇。祗，敬。式，用也。湯之下士尊賢甚疾，其聖敬之德日進。然而以其德聰明寬暇天下之人，遲遲然。言急於己而緩於人。天命是故愛敬之也。天於是又命之使用事於天下。言王之也。

○受小球大球。爲下國綴旒。何天之休。球，玉。綴，表。旒，章也。箋云：綴，猶結也。旒，旌旗之垂者也。休，美也。湯既爲天所命，則受小玉，謂尺二寸圭也。受大玉，謂珽也，長三尺。執圭搢珽，以與諸侯會同，結定其心，如旌旗之旒縿著焉。擔負天之美譽，爲衆所歸鄉。

不競不絿。不剛不柔。敷政優優。百祿是遒。絿，急也。優優，和也。遒，聚也。箋云：競，逐也。不逐，不與人爭前後。

○受小共大共。爲下國駿厖。何天之龍。共，法。駿，大。厖，厚。龍，和也。箋云：共，執也。小共大共，猶所執搢小球大球也。駿之言俊也。龍當作寵，寵，榮名之

謂

敷奏其勇不震不動不戁不竦百祿是總戁恐竦懼也箋

云不震不動不可驚憚也○武王載旆有虔秉鉞如火烈烈則莫

我敢曷武王湯也旆旗也虔固曷害也箋云有之言又也上既美其剛柔得中勇毅不懼於是有武

功有王德乃建旆興師出伐又固持其鉞志在

誅有罪也其威勢如猛火之炎熾誰敢禦害我苞有

三蘖莫遂莫達九有有截苞本蘖餘也箋云苞豐也天豐大先三正之後世謂

居以大國行天子之禮樂然而無有能以德自

遂達於天下者故天下歸鄉湯九州齊壹截然韋顧

既伐昆吾夏桀有韋國者有顧國者有昆吾國者箋云韋豕韋彭姓也顧昆吾皆己姓也

三國黨於桀惡湯先伐韋顧

克之昆吾夏桀則同時誅也○昔在中葉有震且業允

也天子降予卿士葉世也業危也箋云中世謂相土也震猶威也相土始有征伐之威

以爲子孫討惡之業湯遵而興之信也天命而子之

下予之卿士謂生賢佐也春秋傳曰畏君之震師徒

撓敗實維阿衡。實左右商王。阿衡伊尹也左右助也箋云阿倚衡平也伊尹湯所

依倚而取平故以

爲官名商王湯也

長發七章一章八句。四章章七句。一章九句。一章

六句

殷武祀高宗也。

撻彼殷武。奮伐荆楚。罙入其阻。裒荆之旅。撻疾意也殷武武丁

也荆楚荆州之楚國也罙深裒聚也箋云有鍾鼓曰

伐罙冒也殷道衰而楚人叛高宗撻然奮揚威武出

兵伐之冒入其險阻謂踰方

城之隘克其軍率而俘虜其士衆有截其所。湯孫之緒。

箋云緒業也所猶處也高宗所伐之處國邑皆服其罪更自敕整截然齊壹是乃湯孫大甲之等功業

○維女荊楚居國南鄉昔有成湯自彼氐羌莫敢不來享莫敢不來王曰商是常。鄉所也箋云氐羌夷狄國在西方者也享獻也世見曰來王維女楚國近在荊州之域居中國之南方而背叛乎成湯之時乃氐羌遠夷之國來獻來見曰商王是吾常君也此所用責楚之義女乃遠夷之不如

○天命多辟設都于禹之績歲事來辟勿予禍適稼穡匪解。辟君適過也箋云多眾也來辟猶來王也天命乃命天下眾君諸侯立都於禹所治之功以歲時來朝覲於我殷王者勿罪過與之禍適徒敕以勸民稼穡非可解倦時楚不脩諸侯之職此所用告曉楚之義也禹平水土弼成五服而諸侯之國定是以云然

○天命降監下民有嚴不僭不濫不敢怠遑

命于下國封建厥福嚴敬也不僭不濫賞不僭刑不濫也封大也箋云降下遑暇也
天命乃下視下民有嚴明之君能明德慎罰不敢怠
惰自暇於政事者則命之於小國以爲天子大立其
福謂命湯使由七十里王天下也時
楚僭號王位此又所用告曉楚之義○商邑翼翼四
方之極赫赫厥聲濯濯厥靈壽考且寧以保我後生
商邑京師也箋云極中也商邑之禮俗翼翼然可則
傚乃四方之中正也赫赫乎其出政敎也濯濯乎其
見尊敬也王乃壽考且安以此全守
我子孫此又用商德重告曉楚之義○陟彼景山松栢
丸丸是斷是遷方斲是虔松桷有梴旅楹有閑寢成
孔安丸丸易直也遷徙虔敬也梴長貌旅陳也寢路寢也箋云椹謂之虔升景山掄材木取松栢易
直者斷而遷之正斲於椹上以爲桷與衆楹路寢旣
成王居之甚安謂施政敎得其所也高宗之前王有

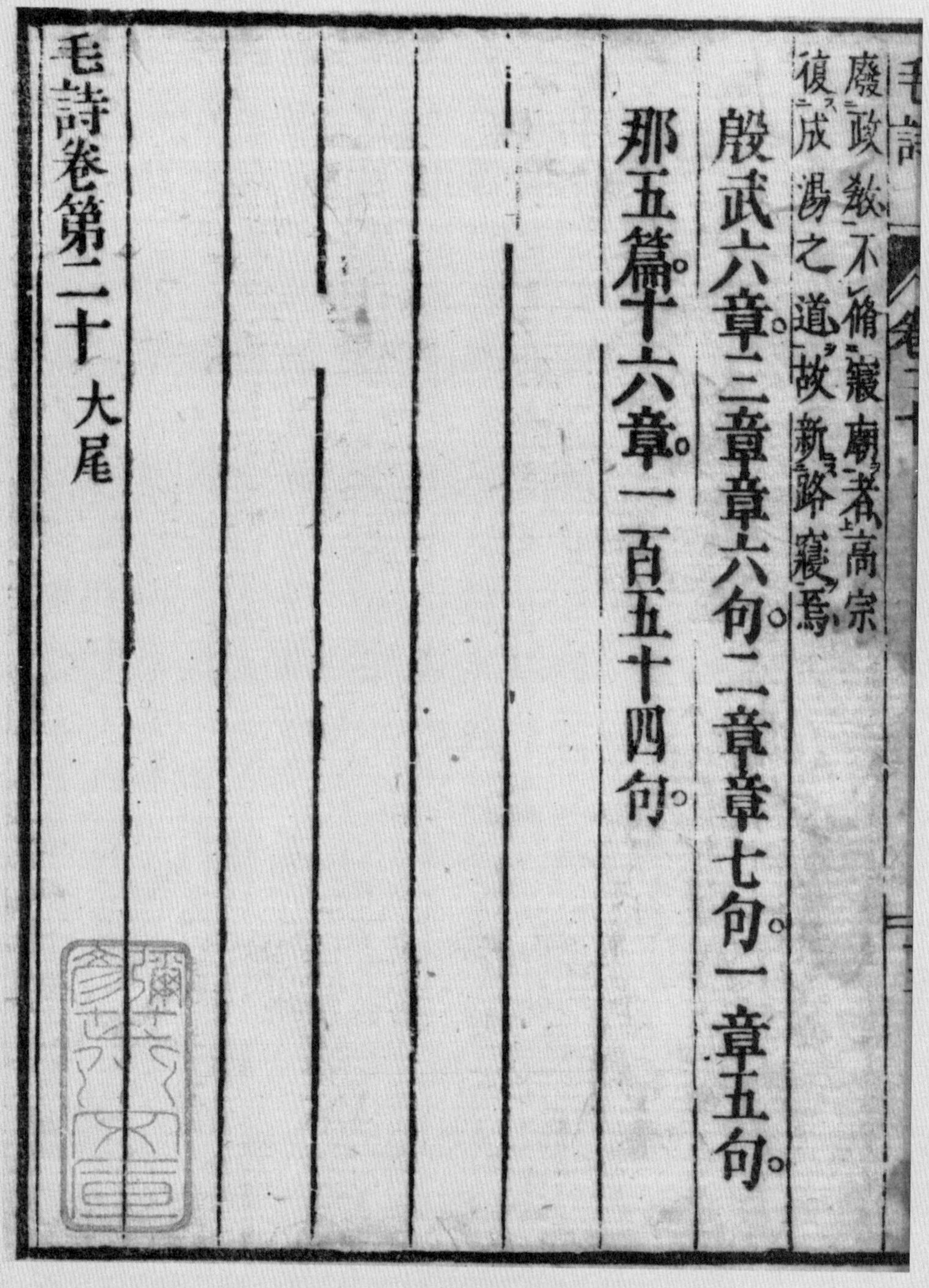

廢政教不脩寢廟者高宗
復成湯之道故新路寢焉

殷武六章三章章六句二章章七句一章五句

那五篇十六章一百五十四句

毛詩卷第二十　大尾

易經古註　出來
書經古註　出來
禮記古註　出來

寛延二年己巳春

皇都書林

丸屋市兵衛
今村八兵衛　梓
風月莊左衛門　行